ベリーズ文庫

双子の姉の身代わりで嫁いだら
クールな氷壁御曹司に
激愛で迫られています

若菜モモ

STARTS
スターツ出版株式会社

目次

双子の姉の身代わりで嫁いだら　クールな氷壁御曹司に激愛で迫られています

双子の姉の身代わりで嫁いだら
クールな氷壁御曹司に激愛で迫られています

プロローグ

「君の連絡先を教えてくれないか？」

神倉玲哉《かみくられいや》さんはポケットからスマートフォンを取り出し、私たちは番号を交換した。

画面をすばやくタップしていく長い指に思わず見とれてしまう。

彼はスマホをしまうと、ふいに私の顎に手をかけてきて、上を向かされた。

あっけに取られているうちに唇が重なる。

突然キスされて驚くあまり瞼を閉じられず、玲哉さんの美しい顔はぼやけているが、長いまつげだけははっきりとわかった。

触れるだけの唇が私の唇をもてあそぶように食《は》み、舌先が口腔内に侵入した瞬間、玲哉さんの胸を押して離れる。

「い、いきなりキスだなんて……」

「体の相性は大事だろう？」

体の相性……？

「ひ、必要でしょうか？」

男性に触れられるのが苦手なのに、彼のキスは驚いたけれど嫌じゃなかった。

「わからないフリはやめておけよ。興覚めする」

「そういうつもりでは……」

「本当は結婚前にセックスをして相性を確かめた方がいいのだろうが。その清純そうな外見が嘘じゃないことを祈る。まだカフェオレが残っている。支払いは済ませているから飲み終えてから帰るといい。じゃ」

困惑するようなことを表情も変えずに言ってのけた玲哉さんは、颯爽とした足取りで立ち去った。

本当に、あの人と……結婚するの……？

一、バラを育てる苦労

七月中旬、もうすぐ梅雨が明ける。すでに猛暑を予測させる暑さになってきた。日中のガラスハウスの中は四十五度以上にもなって、足を踏み入れた途端にどっと玉のような汗が噴き出してくるので、早朝からバラの水やりの仕事を始める。

わが家は海と緑に囲まれた三重県志摩市《みえけんしまし》にある。一時間ほど電車に乗れば有名な伊《い》勢神宮《せじんぐう》へも行ける距離のこの土地は、祖父と父が守った大事な場所。

一年前に突然の心臓発作で他界した父の後を継ぎ、私、石川優羽《いしかわゆう》はひとりでバラ苗育成農業に従事している。

朝から無数にあるバラの鉢にたっぷりと水をあげるのはひと苦労だ。三百坪ほどの敷地に五つのガラスハウスがあり、多種にわたるバラが育成されている。

朝六時からその作業に没頭するが、すべてに水をやり終えるのは二時間以上かかる。水やりの後で朝ご飯を食べるので、すでにおなかが不満を漏らしている。

しかし、自分の空腹よりも水をあげるのが大事だ。夢中で水やりをし、水の滴《したた》る葉や咲いているバラを見ていると、もどかしい思いに駆られる。

一生懸命この子たちを育てていても、ちゃんと売れるバラにならない。

小さい頃から父の仕事を見て育ち、小学四年生頃からはできるだけ手伝うようにしていたのでバラのことはよくわかると思っていたのに、自分ひとりになってみるとうまくいかないのだ。

丹精込めて鉢にひとつずつ植えた苗は、満足のいくバラの蕾《つぼみ》をつけず、ほとんどが売り物にならなかった。

今は出来のいいものだけを道の駅に置かせてもらって、わずかな収入を得ている。

「あ、いたいた。おはよう。優羽ちゃん、薬剤と肥料を持ってきたよ」

その声に振り返ると、父の友人で肥料店を営む柏原《かしわばら》のおじさんが立っていた。

手もとでホースの水を止めて笑顔を向ける。

「おじさん、おはようございます。早いですね。ご苦労さまです」

「今日も暑くなるから、早いうちに動いているんだよ。優羽ちゃんも朝早くからお疲れ。薬剤は納屋に入れておくよ」

「はい。ありがとうございます」

納品書を差し出されサインをしてから返し、控えを受け取りポケットにしまう。

いつもなら用事が終わったら『じゃあ』と立ち去るはずなのに、柏原のおじさんは気まずそうな表情で「優羽ちゃん」と口を開く。

「はい……？」

「……お前さんはよくやっているが、仕事はうまくいっていないだろう？　このまま続けていくのは優羽ちゃんの負担にしかならないと思ってね」

「おじさん……」

私の一番の悩みどころを、柏原のおじさんも憂慮していたらしい。

「優羽ちゃん、無理をする必要はないんだ。お前さんはたしか二十四だろう？　まだ若いんだから、ここを畳んで別の仕事を見つけた方がいいと思っているんだよ。仁志《ひとし》だって、優羽ちゃんに大変な思いをさせたくないはずだ」

仁志は父の名前だ。心臓発作で突然亡くなってしまったので、家業を私に継いでほしいか、いっさい話しておらずわからない。

ただ、よく口にしていたのは『優羽のやりたいことをすればいい』だった。

「う……ん。ちゃんと考えているから安心して」

「優羽ちゃんが努力家でがんばり屋だってことはみんなが知っているから。よく考えるんだよ。じゃ、肥料も納屋に入れておくよ」

柏原のおじさんがハウスを出ていくのをその場で見送って、姿が見えなくなると重いため息を漏らし、首から下げていたタオルで額から滴り落ちる汗を拭いた。

水やりを終えてガラスハウスから十メートルほど離れた自宅に戻る。

今日はいつもより時間がかかってしまった。柏原のおじさんの話は後で考えようと思うのに、いつの間にか思案してしまっていたからだ。

汗びっしょりなのでシャワーを浴びて、半袖のTシャツと綿のパンツに着替える。まだ濡れている腰ほどあるまっすぐの黒髪を拭きながら、居間に歩を進めた。

4LDKの平屋の家は私ひとりで使うには広すぎて、十二畳の居間と隣の仏間だけを自分の部屋にしてベッドやドレッサーを置き使っている。

ドレッサーの横には胸の高さまでのタンスがあり、その上にたくさんの写真立てが飾ってある。父が置いてくれたもので、入学式や卒業式、成人式などの記念日の写真がその場を占めていた。

私が写っているものが多く、双子の姉・美羽《みう》と母のは四枚しかない。

ふたりの最新の写真は美羽が二十歳のときのものだ。パリの街並みとともに美羽は深紅のワンピースを着て、母とふたりで写っている。

二重《ふたえ》のぱっちりとした目大きく笑う唇には艶やかな赤いリップがよく似合う。

身長は百六十二センチで同じ。でも貧弱な私の胸とは違って、二カップは違いそうな大きさの美羽は綺麗《きれい》にワンピースを着こなしている。

私たちは一卵性双生児で顔のつくりは同じ、本来は体形も同じはずだが、自分は農作業で忙しくて痩せ形、姉はボディラインを鍛えて機能的な下着をつけているらしい。

写真に写る姉の髪形はボブだが、今は肩甲骨くらいまでの長さだと言っていた。

四十代前半の母はその年齢に見えないくらい綺麗で、キャリアウーマン風のパンツスタイルは洗練された姿だ。

「さてと、朝食食べよう」

髪をうしろでくるくると頭のてっぺんで結んでから、キッチンへ向かう。

冷蔵庫から納豆を出そうとした時、インターフォンが鳴った。

「優羽～」

外から幼なじみで同い年の会田紀伊《あいだきい》の声が聞こえてきた。彼女は住んでいる〝紀伊《きい》半島《はんとう》〟が名前の由来で安直だと言って気に入っていないようだが、私はとても素敵でかわいい名前だと思っている。

「は～い。鍵かかってないから入って」

外にまで聞こえる通る声で言うと、紀伊が玄関のドアを開けて顔を覗《のぞ》かせる。

「優羽、いつも言ってるでしょ」

靴を脱いでつかつか近づく紀伊は、目尻をギュッと上げて怖い顔で首をかしげる。

「えっと、なにを……？」

「もー、真剣に聞いてないんだから。鍵よ。鍵。うら若き女性のひとり暮らしなんだから用心しないと」

「そんなの、大丈夫よ。取られるものなんてないもの」

冷蔵庫から麦茶を出してコップに注ぎ入れ、紀伊に手渡す。

「金品目的じゃないって。優羽はかわいいんだから。のんきすぎて心配だわ」

「はいはい。鍵をかけると約束する」

けれど、蒸し暑い時期とはいえ節約のためエアコンは夜だけにしているため、日中は窓を全開にして過ごしているから意味がなさそうだ。

紀伊の家は車で五分ほどのところにあり、保育園から高校まで一緒なので、姉妹のような存在だ。

のんびり屋の私よりも行動派の紀伊は小さい頃から面倒見がよく、今も小言で窘《たしな》められ続けている。実の姉の美羽よりも姉らしい。

美羽はおしゃれな服が大好きで、物事をはっきり言う活発なタイプ。反対に私はファッションには無頓着で、言いたいことをのみ込んでしまう性格。一卵性双生児なのに真逆だ。

ファッションバイヤーである母の影響で美羽はファッションデザイナーになりたいと昔から言っていて、お絵描きや塗り絵もドレスが入っているものが好きだった。

母は父との結婚を機に一度は仕事を離れこの地へとやって来て、出産後は育児に専念していたという。

とはいえファッションが大好きな人なので、私たちが一歳になると仕事を再開。ここと東京《とうきょう》を行ったり来たりする生活が始まったそうだ。母が留守のときは、父がバラを育てる仕事の傍ら、保育園への送り迎えや料理をしてくれたのを覚えている。

私たち姉妹が十歳の頃、母はパリで仕事をしたいと宣言し、美羽を連れて渡仏することになった。美羽は母とパリへ行きたいと、自分から進んで決めたのだ。

母は私にも一緒に来てほしいと言ったが、残される父が心配でついていかなかった。

別居という形になったが父は母の仕事を応援していて、頻繁にテレビ電話をしたり母が年に二度ほど仕事で帰国したときに会ったりしていた。

そんな生活が母の仕事の契約で三年間続いたが、パリにいる期間が四年、五年とどんどん延びていき、両親はお互いを自由にさせるために離婚したと聞いている。

その後、私たちが十八歳のとき母は東京でファッションブランドを立ち上げている北森五郎《きたもりごろう》氏とパリで知り合ったのち再婚し、現在は東京に住んでいる。

離婚したときも私は父のもとに残った。

母や美羽は頻繁に連絡をくれていたので疎遠にはならず、父が亡くなったときもすぐに来てくれた。

「優羽、ボーッとして。大丈夫？　熱中症になっちゃった？」

紀伊の声で我に返る。

「え？　ううん。大丈夫よ」

「ほんとに？　気をつけてね。ハウスの中は暑いから。あ、これこれ。早く冷蔵庫にしまって。保冷剤入れてきたけど」

紀伊は保冷用のショッパーバッグから大きな箱を取り出して、テーブルの上に置く。

側面には『紀伊《きい》パティスリー』のロゴが入っている。

彼女は実家のケーキ店を手伝っており、定休日の木曜日はたいていお土産を持ってきてくれる。

「ショートケーキや焼き菓子、シュークリームよ。ほら、冷蔵庫にしまったらご飯食べちゃって。すぐに帰るから」

紀伊はテーブルの椅子を引いて腰を下ろし、私は「いつもありがとう」と言って冷蔵庫にスイーツの箱をしまう。

今日の彼女はノースリーブのワンピースを着て、やわらかく癖のあるブラウンの髪が肩にふんわりとかかっている。普段の彼女はTシャツにジーンズが多い。

「山本《やまもと》君とデートでしょ？」

冷やかし半分でにっこり笑みを向けると、紀伊は「う、うん」とうなずく。

大好きな彼と会うのに笑顔にならないのは、仕事のある私に遠慮してのことだろう。

紀伊と山本君は大阪《おおさか》の製菓学校で知り合い、彼は三重県鈴鹿《すずか》市のパティスリーでパティシエとして働いている。

お互いの定休日が木曜日なので、たいていデートというのはわかっている。

「気を使うなんて、紀伊らしくないよ？」

笑ってお茶碗にご飯をよそい、紀伊の対面に座り食べ始める。

「だって、優羽には休日もないし……」

「いいの、いいの。私が選んだ仕事なんだし」

「……優羽の本当にやりたいことって、ガーデンデザイナーの仕事でしょ。そのために専門学校へ行ったんだし。このままバラを育てていくの？　ぼやぼやしていると、結婚できなくなっちゃうよ？」

今日は短い時間にふたりから心配されている。

高校生の頃に告白されて彼氏ができたが、好きになれなかったためか体の触れ合いに抵抗があり、拒んだら振られてしまった。それ以来なんとなく恋愛からは距離を置き、好きな人もできなかったので、自分は恋愛には不向きなんだろうと思っている。就職後も仕事に熱中するのが楽しかったし、今はバラ苗育成農業をどうにか盛り上げなくてはならないということに必死で、恋愛など考える余裕はない。

「もう一杯麦茶飲む？」

麦茶はコップに半分ほど残っている。話を変えようとする私に、紀伊は不服そうに大きくため息をつく。

「話を逸らさないで。優羽のことだから、のんびり構えているんだろうけど」

そう言って、紀伊はコップに手を伸ばして麦茶を飲む。

「結婚は今のところ考える余裕なんてないし、今はどうしたらバラを育てていけるか、だけかな。ほら、帰って。山本君迎えに来ちゃうんじゃないの？」

「あ、もうこんな時間？」

壁にかかった年季の入った時計の針は、もうすぐ十時になろうとしていた。

紀伊は椅子から立ち上がる。

「じゃあ、優羽。ちゃんと水分塩分取ってね」

「はーい。ケーキありがとう。気をつけてね」

玄関へ歩を進める紀伊の後に続いて外に出ると、国産のブルーの軽自動車に乗り込む彼女に手を振った。


今日はふたりから将来の心配をされて、悶々と考え込んでいたためか、ランチを取っていないにもかかわらず夜になってもあまり食欲がない。

紀伊からもらったショートケーキを食べようとアイスティーを用意しているところへ、母から電話がかかってきた。

「お母さん」

こうして話すのは一カ月ぶりだ。

《優羽、明日そっちへ行ってもいいかしら？　今回は一泊したいのよ。ちょっと話があって》

半年前に日帰りで来てくれたとき以来で、泊まるのは父の葬儀以降ない。

「うん。昼間は仕事があるから、話せるタイミングは夕方以降になりそう」

《じゃあその頃到着するようにするわ。名古屋《なごや》で優羽の好きなひつまぶしのお弁当買っていくわね》
母はいつも名古屋で電車に乗り換えて、レンタカーを借りる。ここまで来るのに交通の便が悪く、公共機関を使うとかなり時間がかかるからだ。
「美羽は来る？」
姉とは一年近く会っていない。
美羽から恋人がいるパリを案内するから一緒に行こうよと誘われるが、ここを留守にはできない状態だ。ふたりで旅行をしてみたかったが断るしかなかった。家計がかつかつで、海外旅行なんて贅沢はできない。
《今仕事でパリにいるのよ。私だけ行くわね》
「そっか。わかったわ。明日待ってるね。気をつけて来て」
《ええ。じゃあね》
通話が切れてスマホをテーブルの上に置く。
ファッションデザイナーが夢だった美羽は、パリで勉強をしたがそう簡単にはなれず、現在は母の再婚相手の北森氏が経営する高級ブティックのバイヤーとして就職している。

母はバイヤーの職業を辞めて北森氏を手伝い、副社長になっていた。

「食べ終わったらお布団出しておかなくちゃ」

明日も晴れなので明朝干しておこう。ふかふかになったお布団を母は喜んでくれるはず。

そう考えながら、大きめのショートケーキをフォークで切って口に入れる。

甘さ控えめの紀伊パティスリーのショートケーキは大好物で、味わいながらそしゃくしていると、母の言葉を思い出す。

ちょっと話があって……？　なんの話なのか気になる。

だが母の話よりも、もっと真剣にこの先のことを考えなければならない。今月の収入も微々たるものだ。

父が生きていた頃は生活ができるくらいの売り上げはあった。今は微々たる預金を取り崩して生活費にあてている。

どんなに愛情を注いでバラを育てても売り物になる苗にならない。井戸水も使っているが、水道代に肥料代、維持費にお金がかかりすぎてそれを考えると涙が出てくる。

今までなんとか踏ん張り泣いたことはなかったが、今日は柏原のおじさんと紀伊に憂慮されて心が弱くなっているようだ。

「なんとか打開策を見つけないと……」

頬に伝わる涙を指先で拭い、残りのケーキを食べ終えた。

翌朝も水やり作業をしてから、母が使う布団を庭の物干し竿にかける。

干し終わって、日差しが降り注ぐ空を見上げ目を細める。昨日泣いたせいで目がヒリヒリする。

「今日もがんばろう！」

両手をパンパンと叩いて縁側から室内へ入る。

休む間もなく草むしりをし、昼食後、咲き終わった花やしぼんだ花をつむ工程の〝咲《さき》がら切り〟などをしていると、あっという間に夕方になる。

テーブルの上にある、さっき郵便受けから持ってきていた郵便を手に取った。

「え？　なにこれ……？」

私宛の、身に覚えのない金融会社からの手紙だった。

嫌な予感がして心臓がドクドクとし始める。

封を切って読んでいくうちに手足が震えてきて、椅子に腰を下ろす。

「お父さん、借金をしていたの……？」

私が知らない銀行口座から自動引き落としになっていたようで、それが底をつき初めて父が亡くなったことを知った金融会社が私宛に連絡をしてきたのだ。

なにこれどうしよう……さ、三千万円って……。

頭がフリーズしてしまうけれど、もうすぐ母が来る。とりあえず今はシャワー浴びなきゃ……。


シャワー後、キッチンでお味噌汁を作っていると、外で車が止まる音がしたのでガスの火を止め、サンダルをつっかけて外に出る。

「優羽！」

レンタカーの運転席から出た母は手を振って、後部座席から荷物を出している。

「お母さん、久しぶり。手伝うわ」

母はブラウンに染めて緩く巻いたセミロングの髪に、つばの広い帽子をかぶっている。黒のノースリーブのトップスにベージュのパンツ、ロング丈の黒のジレ、華奢なヒール姿でいつものようにおしゃれだ。

「すごい荷物」

「たくさんお土産持ってきたわ」

両手に大きめのショッパーバッグを渡され、母は小さなキャリーケースを後部座席から出した。

家に入って母はキャリーケースを置く。

「ちゃんと顔を見せて。たしか半年ぶりよね？」

「そうだね」

ショッパーバッグをテーブルにのせた私の両頬に母は手を添えて、見つめてくる。

「もう、ちゃんとお肌のお手入れはしてる？　日焼け止めも頻繁に塗らなきゃだめよ。それにここにひとりなんて……心配なことはない？」

「面倒くさくて。それに日焼け止めをしょっちゅう塗れないわ。住み慣れた場所よ？心配事なんてないよ」

「住み慣れているとはいえ、女の子ひとりなのよ？　なにかあったらと心配してるの」

「大丈夫だって。日焼け止めも塗るから」

心配されるのは苦手だ。

「お母さんの日焼け止め置いていくわ。かなりカバーできるから」

そう言って、バッグからハイブランドの名前が入っている化粧品チューブを渡される。まだほとんど使っていない。

「これ、下ろしたばかりじゃ……」

「いいのよ。家にストックがあるから」

「ありがとう」

母はショッパーバッグからひつまぶし弁当などを出している。

「お母さん、夕食にはまだ早いし、食べる前にシャワー使う？」

「じゃあ、そうさせてもらうわね」

「うん。タオルはいつものところよ」

母は床に置いたキャリーケースを開き、着替えを出してバスルームへと向かう。

その間に私はサラダにかけるドレッシングを作った。

「んー、おいしい。ここの店舗のは、お出汁《だし》までついているから大好きよ」

「手羽先も食べなさいな。優羽が作ってくれたドレッシングおいしいわ。これなら生野菜もたくさん食べられるわね」

ひつまぶしと手羽先のおかげで、いつも寂しいテーブルの上は賑やかだ。

毎食ひとりだけで、暑さもあって食欲はなかったが、今日は母と一緒のおかげで口に入れるものはすべておいしく食べられる。

ふと父の借金のことが頭をよぎる。

母は知っているんだろうか……。もし知らなかったら、すでに再婚しているんだし迷惑はかけられない。そう思うと、明るく振る舞うしかなかった。

食事中は近況報告みたいな会話をしていたが、ときどき対面に座る母の顔が憂《うれ》いを帯びるのが気になった。

「ごちそうさまでした。アイスティー入れるね。買ってきてくれたお菓子も食べちゃおうかな」

母に両手を合わせてから立ち上がり、すっかり空になったお弁当箱などをシンクに運んで、冷蔵庫から朝用意したアイスティーのポットを出す。

残った食器を運んでくれた母はテーブルに戻り、ショッパーバッグから菓子折りをいくつか出している。

グラスに氷とアイスティーを注いで、輪切りにしたレモンは別にお皿にのせてテーブルへと歩を進めた。

「私の好きなお菓子ばかりね。ありがとう」

「さすが双子よね。美羽も好きなのよ」

ラッピングをはずした箱を開けた母は、アイスティーをひと口飲む。

「お母さん、話があるって言ってたよね？」

「……ええ。優羽にお願いがあって」

お菓子に伸ばした手が止まり、母の顔を見遣る。

「お願い？」

「じつは、美羽に縁談があるの」

「美羽に縁談っ⁉」

驚いたのは、美羽はパリに住むフランス人青年と付き合っていて、お互いに夢中だと聞いていたからだ。

「その反応は彼がいるのを聞いていたのね？」

「う、うん。美羽はいいって？」

母は残念そうな表情で首を左右に振る。

「恋人がいるんだもの。無理はないと思う」

「素晴らしいお相手なのよ？　眉目秀麗で、若いのに経営手腕に長《た》けて経済界からも一目置かれる存在でね。そんなお相手と結婚したら一生贅沢に暮らしていけるの」

「いくら素晴らしいお相手だとしても、美羽には愛している人がいるのなら、一生贅沢に暮らせるなんて関係ないんじゃないかな」

美羽の擁護をすると、母は悲しそうにコクッとうなずく。

縁談を断られたからといって、こんなに母の顔が憂いを帯びるものだろうか……？

ふいに母は椅子から立ち、Ｂ５サイズの封筒を手に戻ってきて私の前に置く。

「これは？」

目の前の封筒に首をかしげる。

「……先方には美羽の件をまだ話していないの」

「それって、まずいんじゃ……」

「ええ。優羽、美羽の代わりにお見合いを受けてくれないかしら？　お相手の写真がその中に入っているわ」

予想もしていなかった言葉に目を見開く。

「私が美羽の代わりを？　そ、そんなの無理よ」

「優羽、お願い。『神倉《かみくら》ホールディングス』のトップ、神倉家と縁を結びたいのよ。とにかく中に入っている写真を見てちょうだい」

神妙な面持ちで懇願する母を見るのは初めてだ。返事をどうするか今は決められないけれど、とりあえずどんな人なのか見てみなければ。

母へ顔を向けながら、封筒を開けて中から写真とプロフィールなどが書かれた書類を出してみる。

「どうして神倉家と縁を結びたいの？　なにか理由でもあるの？」

もちろんあるから母は必死なのだろう。

「今、神倉ホールディングスと縁を結ぶことが、私たちの会社の発展につながる大きなチャンスなの。……あなたを巻き込む形になってしまってごめんなさい。でも、神倉玲哉さんとのお話は優羽にとっても悪い話ではないと思うの」

「そんなこと言われても……すぐに返事はできないわ」

話しながら母から視線を写真に落として見た瞬間、言葉を失う。

写真の男性は驚くほどの美形だった。チャコールグレーのスーツを着た彼は黒革のソファに座っており、カメラから視線をはずしている姿はごく自然だが、凛々しい眉や切れ長の目、スッと通った鼻梁や少し薄めの唇まではっきりわかる。

ブラウンの髪で瞳はよくわからないけれど、ヘアカラーをしていないのであれば全体的に色素が薄いように見える。

こんな素敵な人、初めて……。

専門学校に通っていた二年間大阪にいたが、これほど容姿端麗な男性を目にしたことはなかった。

「どう？　素敵でしょう？」

「……美羽ならお似合いだけど、私にはとてもじゃないけど違いすぎるわ」

美羽の代わりにお見合いだなんて。おしゃれで気立てもよくて社交的な姉とは違うんだから、私なんかとの結婚なんて断られるはず。

「バラ園の経営に関して、優羽が大丈夫だと言ってがんばろうとしてるからなかなか聞けなかったけど、本当は厳しいんでしょう？　仁志さんが生きている時も生活するのにかつかつだったわ。ホテルの庭師の仕事をもらわなかったら、どうなっていたことか。それがあったから貯金ができたって仁志さんは言っていたわ」

あの素敵なホテルへ父は私を連れていくこともあったが、亡くなってからそこの仕事はなくなった。

支配人は私に任せてくれると言ってくれたけれど、バラ苗を育てるだけで手いっぱいだったし、高級リゾートホテルの庭園をひよっこの私が請け負うのは無理だと考えたのだ。

「優羽、生活はきついんじゃない？」

私を気にしてくれてはいるけれど、やはり母は父の借金のことは知らないんだろう。もし知っていたら、母の性格的に放ってはおけずもっと前に話が出ているはずだから。

泣き言は母に言いたくない。だが、嘘もつけない。

「……まあ、なんとかやってる」

「その顔は無理しているってわかるわ。美羽と同じだもの。仁志さんの残したものを継ぐ意志はすごいわ。でも神倉家に入れば本当にやりたかったことができると思うの」

「本当にやりたかったこと……」

高校を卒業後、ガーデンデザイナーを目指して大阪の専門学校へと進んだ。

二十歳で園芸事務所に入社し、ガーデンデザイナーになるために充実した下積みの日々を過ごす中、二十三歳となった昨年、父が心臓発作で突然他界してしまった。

母はバラ園を廃業した方がいいと言ったが、私は父の思いをつなぎたい一心で、勤め先を辞めて志摩市に戻り家業を継ぐことを決めたのだ。

「私はひとりでがんばる優羽が心配なの。残念だけど、このバラ園は手放した方がいいんじゃないかなって思ってる」

母の言葉が痛いほど身に染みていた。父の借金は三千万もあるし、もう私ひとりでどうこうできる段階ではないのはわかっている。

「神倉さんと結婚したらお金に不自由はしないし、ゆくゆくは出産して育児が一段落したら好きな仕事をすることができるかもしれないわ」

〝出産〟〝育児〟の言葉に、ドキッと心臓が跳ねる。

結婚したらそうなるのは理解できるけれど、まともに恋愛経験のない私にはまるで遠い世界の話だ。

でも、子どもは好きだからいずれは産み育てたい。

問題はまったく知らない男性と結婚して、深い関係になることなどできるのかということ。

「もし前向きに考えてくれるなら、優羽には北森の養子になってほしいの。北森家は代々警察官僚を輩出する良家よ。彼は三男だから、自由にファッションの道へ進んで業績を残して会社も大きくさせたの」

「そんなこと言われたって、簡単に決めていいものじゃないでしょう？　美羽がだめだから私が代わりにお見合い相手になることは、先方は了承するの？　それに気に入られなかったら養子になるのは無駄になるわ」

「話がややこしくなって見合いを断られたら困るから、優羽が石川姓で三重にいることは伝えてないの」

伝えてないって……大丈夫なのかな。養子縁組をするのだからあえて言う必要がないと思っているのかもしれない。

石川の姓がなくなるのは父に申し訳ない気がする。だが、そもそも結婚したら婿入りをしてもらわない限りはなくなるのだ。

「お相手の玲哉さんは、たび重なるお見合いにうんざりしているみたいなの」

「え、たび重なる？　何回もしているの？　それだったら、私もお断りされるんじゃ」

「だからこそよ。お見合いはこれっきりにしたいんじゃないかしら。優羽なら気に入られるわ。美羽の写真を送ったとき、先方から『ぜひ』と言われたの。一卵性双生児でうりふたつの優羽なら大丈夫よ」

「私と美羽ではずいぶん違うわ。美羽はおしゃれに気を使っているし、綺麗なラインをつくるためにボディメイクしている。同性の私から見ても魅力的だと思うわ。反対に私は日焼け止め程度のメイクしかしないし、貧弱な体形よ」

お見合い相手が美羽の容姿に惹かれたのなら、私では無理があるってものだ。

しかし、母は大きく首を左右に振る。

「多少磨きをかけて、メイクをしておしゃれをすれば美羽と変わらないわよ。ね？　考えてほしいの」

「……わかった。少し時間が欲しい」

これ以上、いろいろ話しても逆効果だと思ったのか、母は「歯を磨いたら寝るわね」と言った。

翌朝、水やりから戻ると、母は洋風の朝食を作って待ってくれていて、母の手料理を一緒に食べた。

早朝にひと仕事終えて帰宅したときに、出迎えてもらえるのはうれしかった。父が亡くなってからひとりでがんばっていたせいか、そう考える自分は寂しかったのだと悟った。

朝食後、母は「いい返事を待っているわ。一週間以内に連絡ちょうだいね。熱中症に気をつけるのよ」と言ってレンタカーで帰っていった。

その日は梅雨明け宣言があり、明日からいよいよ夏本番だ。

昨夜、母にはお見合いについて考える時間が欲しいと言ったものの、姉の代わりにお見合いしても彼女の魅力にかなわないのはわかりきっている。それに万が一、先方が結婚を申し込んでくれたとしても、見ず知らずの相手との結婚なんてうまくいくはずがない……。

簡単にそうめんを茹でて食べた夕食後、テーブルに置いたままになっていた封筒が目に入り、手に取って写真と書類を出す。

ひとりぼっちの部屋に、カサリとした音が響く。母が来てから、自分はひとりだという実感が押し寄せてくるようになった。

「神倉ホールディングスの副社長……え？　三十歳なのに？」

驚きを隠せず独り言《ご》ちてから、スマホを手にしてその会社を検索してみる。

企業案内には、世界中に地所やオフィスビルや商業施設、ホテルを所有していると書かれている。

神倉ホールディングスといえば、総合不動産企業体として国内でその名を知らない人はいないほど。旧財閥である神倉家が創業し、不動産事業を中心にさまざまな分野にビジネス展開しているようだ。

そういえば、東京に新しくできる商業施設にお母さんは出店を希望しており、神倉家とのつながりが欲しいのだと言っていた。

たしかに今後の事業にプラスになるに違いない。だけど……美羽は好きな人がいるから結婚できないと、自分の意思を通した。

私は……？

知らない相手と結婚するくらいなら一生独身でもかまわないとも思う。かといって、私には美羽のように結婚できない理由があるわけでもない。

でも……と、迷う気持ちも否めなかった。

美羽に電話をかけたが出なかった。


次の朝、日曜日も普段通り水やりをして朝食を挟んでからいつものように仕事をこなし、十五時を回ったところで、吐き気と目眩《めまい》に襲われた。

数時間前から頭にも鈍痛があった。

「もしかして、熱中症……？」

涼しいところで休まなければとハウスから出るが、目眩で足もとがふらつき足に力が入らなくて、樹木の陰を見つけてようやくたどり着くと根元に座り込む。

いつも持ち歩いている水筒から麦茶を飲む。早く体を冷やさなくてはならないのは知っている。けれど、体が思うように動かなくて込み上げる吐き気と闘う。

頭も鈍痛からズキンズキンとかなり痛んでいる。

休んでもいっこうによくならないので、なんとか立ち上がり家に向かった。

二十メートルほどなのに、のろのろした足取りだから着くのが遅い。途中で意識を失うかと思ったが、ようやく家に入った。家の中はムワッと暑い。

冷蔵庫からペットボトルのスポーツドリンクを出して飲むが、吐き気に襲われシンクの中に吐き出す。

熱中症に間違いなさそうだけど、これは軽いの？　救急車を呼ぶほどではないはず……。

とりあえず頭痛薬を飲み、冷凍庫から五つの保冷剤と熱が出た時に使う冷たい枕を出して、ベッドに向かいエアコンをつける。

横になって目を閉じた。

大丈夫……これくらいなんともない。

冷たい枕が気持ちいい。吐き気をこらえているうちに眠りへと引き込まれた。

目を覚ましたとき、室内は薄暗くなっていた。

吐き気はなくなっていたが、体のだるさは変わらない。頭痛は先ほどより治まっているものの、額に手を置くと普段より熱い気がした。

水分を取らなきゃ……。

体を起こして保冷枕などを持ってキッチンへ行き、冷凍庫へ戻す。

スポーツドリンクを飲んでみると吐き気はなかった。

とりあえずひどい状態じゃないみたい。

食欲はなく、倒れている場合じゃないので、ベッドに引き返して再び眠った。

翌朝、まだ完全に回復していなかったが、水やりをしなくてはバラが枯れてしまうので、準備をしてハウスへ向かった。

いつものように水やりを済ませてから家へ戻る。

「ふぅ……」

だるさのある体は重くて、キッチンのテーブルの椅子に腰を下ろす。

「まいったな……」

テーブルに突っ伏してぼやきを漏らす。早く体調を戻さないと仕事ができない。

「よしっ！　ちゃんと食べよう！」

頭を起こして立ち上がり、お米を研ぐところから始めた。

ご飯が炊ける間、シャワーを浴びてからベーコンエッグを作っていると、炊飯器から終了の音楽が聞こえてきた。

一膳の白米を食べ終えてベッドで横になった瞬間、枕もとに置きっぱなしだったスマホが鳴った。

着信は紀伊で、通話をタップして出る。
《あー、やっとつながったわ。どうしたの？》
気づかなかったが、何度もかけてきてくれていたみたいだ。
「ごめん。昨日の午後から熱中症になっちゃっ――」
《ええっ！　大丈夫なの？》
紀伊の驚いている様子が手に取るようにわかる。
「だるさはあるけどひどくはないみたい」
《もー、心配していたことが本当になっちゃった。仕事終わったら行くから。なにが食べたい？》
「ありがとう。でも仕事終わってからだと大変だからいいよ」
《だめだめ。買い物にも行けてないんでしょ。きっと冷蔵庫は空ね。今はゆっくり休まなきゃ。食べたい物をメッセージで送って。じゃあ、切るから》
有無を言わせない勢いで話し、紀伊は通話を切った。
スマホを枕もとに置く前に、紀伊からメッセージが届く。
【絶対に食べたい物送ってよね。七時に着くように行くから】
頼りになる幼なじみに感謝しつつ【冷やし中華が食べたい】とメッセージを送った。

紀伊は十九時になる少し前にやって来た。窓から姿が見え、玄関のドアを開ける。

「優羽、症状はどう？　よくなっている？　熱はある？　病院は行ってないよね？」

両手にスーパーの袋を持って入ってくる紀伊は、母親のように矢継ぎ早に質問してくるので、苦笑いを浮かべる。

「もう大丈夫よ。吐き気と目眩に襲われたときは最悪な気分だったけど、今は少しだるいだけ」

「体調が戻ってきているみたいでよかったわ。冷やし中華作るから、優羽はベッドで休んでて」

「手伝えるよ」

「だめだめ。まだ病人よ。できたら呼ぶから横になって待ってて」

背中を押されて仕方なく「じゃあ、お願い」と言ってキッチンを出る。

紀伊ははっきりしていて手伝ってほしい時はちゃんと言うから、おとなしく隣のリビングへ行った。

二十分後、お盆を持った紀伊が現れ、真四角の座卓の上に冷やし中華をふた皿置く。

「伸びないうちに早く食べよ。食欲はあるかな？」

「紀伊、ありがとう。食べないと体力が持たないから完食するわ。いただきます」

きゅうりやトマト、ハムとカニカマ、そして錦糸卵が彩りよく盛りつけられている。美しく盛りつけるところは、さすがパティシエールだ。

「んっ、おいしいわ」

ひと口食べて、酸っぱさが喉越しよく入っていく。

紀伊は箸を持たずに私を見ていて、きゅうりとハムを一緒に口へ運ぶ私に安堵して食べ始めた。

「もう……ちゃんと連絡してよね?」

「……ごめん。休めば治ると思って。でも、紀伊が来てくれてホントうれしいよ」

「炎天下の中でずっと作業するのは大変よ。ひとりだし、仕事中に意識失ったらどうするの?」

「そうだけど……ひとりでやるしかないし……。心配ばかりかけちゃっているけど、紀伊がいてくれるからがんばれる」

孤独な仕事で寂しいときもあるが、紀伊がたまに遊びに来てくれるからなんとかやっていられるのだと思う。

笑みを浮かべると、紀伊は「心配だけど、どうしようもないよね」とため息を漏らした。

一人前をしっかり食べるのを見届けた紀伊は、後片づけをして帰っていった。

面と向かってお礼を伝えたけれど、スマホのメッセージアプリを開いてもう一度感謝の言葉を打って送る。

体が少し回復したためか、父の借金のことや母からの縁談話を悶々と考えてしまう。

しかし結論は出せず、夜更かしをしたら体調が戻らないと思い、思考を断ち切って眠ることにした。

朝起きると昨日よりも回復していて、元気だと感じる。

水やりの後、朝食を挟んでからハウスへ戻る。摘蕾《てきらい》のためだ。早めに株を休ませるためにする。次に向けて摘蕾し、美しいバラを咲かせたい。

家から一番離れたハウスに入り、剪定《せんてい》ばさみを持って奥へ進み、並んでいるバラの鉢の前に立つ。

「え⁉」

葉の表面が白くかすれていた。

信じられなくてその葉を手にしてみるも、間違いない。

ほかの鉢を見回すと、あちこちにハダニに侵されている葉がたくさんあった。

「そんな……」

しばらくぼうぜんと見つめていたが、額の汗が滴り落ちて我に返る。

泣きそうだ。一生懸命やっているのに……。

薬剤散布もこの時期は十日に一度はしていたし、毎日こまめに土が乾燥していないかも確認していた。これだけ念には念を入れて世話をしていたのに、どうして……。

「やっぱり私には無理なの？」

自分が情けなくなって、涙が浮かぶ。

「ううっ……う……お父さん……もう……どうしていいか、わからない……」

こらえていた涙があふれてきて、慌てて首に巻いていたタオルで拭く。

『優羽、よく見ておくんだ。こういうときは葉を丁寧に落とすんだよ。水も有効だが、たくさんあると見逃すものもある』

父が教えてくれたことを思い出す。

悔しくて胸が痛いが、ハダニに侵された葉を処理しなくてはならない。

剪定ばさみで葉を落とし始めた。切っていると、黒星病《くろほしびょう》もあることがわかった。

黒星病とは葉の表面に不規則な黒斑《こくはん》ができ、やがては葉が黄変して落葉する病気だ。

無我夢中で葉を落としていった。

「ゆ〜う〜？　優羽、どこなの〜？」

遠くの方からの紀伊の声でハッとなって手を止める。

気づけばすっかり夕暮れ時になっていた。

「優羽！　どこにいるの？」

最初はのんびりした声だったが、返事がなくて焦っているようだ。

「ここ！　ここよ。奥のハウス」

紀伊に聞こえるように自分の居場所を教える。

足音とともに紀伊がハウスの入口から近づいてくる。

「病み上がりなのに、こんな遅い時間までだめじゃない」

時計を見れば十八時三十分を回っていた。あと少しで陽が落ちて暗くなる。いつもは十七時程度で上がっている。

「ん……」

剪定ばさみを指から抜き取ろうとすると、持つ手が痛んで地面に落としてしまう。

「優羽大丈夫？　様子がおかしいわ。まだ動くのは早かったんじゃ……」

紀伊は屈んで剪定ばさみを拾ってくれるが、私の足もとに落ちている色の変わった葉っぱを見て「え？」と驚く。

「バラが病気になっちゃったの。ひどくならないうちにやらなきゃ。まだできるわ」

紀伊の手から剪定ばさみを取って、今まで作業していた鉢に向き直る。

「だめよ！」

彼女は強く言うと、私の隣に立って怖い顔で首を左右に振る。

「もうすぐ暗くなるし、休んだ方がいいよ。それに右手に水ぶくれまでできてるじゃない。無理よ」

手袋をして作業すべきだったのに、剪定ばさみの動きが鈍くなるし暑くて途中からはずしていた。

「ほら、戻ろう」

紀伊は私の左手を取って歩き始める。

やらなくてはならないと強迫観念に襲われているけれど、手も痛いし疲れすぎて体が思うように動かない。

紀伊に引っ張られるようにして家に向かった。

玄関の鍵を開けて中へ入る。

「煮物とポテトサラダ、アジの南蛮漬け《なんばん》を持ってきたの。ちゃんとバランスのいいものを食べてもらおうと思って」

「ありがとう……助かるよ」

「約四半世紀の付き合いよ。家族みたいなもんなんだから当然。シャワー浴びてきたら？　その間に用意しておく」

「うん。行ってくるね」

力尽きた感覚で、ひとりだったらそのままベッドに直行していたかもしれない。

シャワーから出て、Tシャツとタオル地のショートパンツ姿で紀伊のもとへ戻る。

さっぱりしたせいか、さっきよりは思考が回復している。

「お待たせ」

座卓の上には紀伊が持ってきてくれた料理が並んでいる。ご飯も炊けていない場合を考えてか、おにぎりにして持ってきてくれていた。

紀伊はしっかり者で、先のことまで考える人だ。仕事が終わってから来てくれて感謝しかない。

「なにもかもありがとう」

「もうっ、お礼なんていいの。さっきの優羽、いつもと違ってたよ。なんか壊れてたっていうか……ま、とりあえずおなかいっぱい食べようよ」

「おいしそう。いただきます」

彼女の対面に座り箸を持つと、煮物のしいたけを口に入れてそしゃくする。

「さすがおばさんの煮物ね。味が染みててほっこりする」

「あ、バレた？」

紀伊が笑う。

「もちろん。年季が違うもの。ごちそうさまって言っておいてね」

食べ進めていると、テーブルの隅に置いてあったスマホが鳴った。

着信の相手だけ見る。

「出ないの？」

「お母さんだから。後で電話するよ」

まだ一週間経っていないが、返事を聞きたいのだろう。呼出音はすぐに切れた。

「……紀伊、さっきは変なところ見せちゃってごめん。一生懸命やっているつもりなのに、うまくいかなくて心が折れかけてたの」

「優羽は本当にがんばっているよ。努力しても報われないことって多いよね。でもさ、将来ずっとバラ苗育成農業をやっていくの？　人ともほとんど関わらないで、体壊しても自分がやるしかなくて……そんな優羽を見るのはつらいな」

「……わかってる。紀伊がいてくれるからなんとかやっていけているの。本当は毎日寂しいし、一泊でも出かけたいって思うけど、私が水やりしなかったらだめになっちゃうから出るに出られない」

「優羽……」

紀伊の顔がしんみりしてしまったので、やんわりと笑みを浮かべる。

「そんな生活もお父さんが残したバラたちのためだったらがんばれる……そう自分に言い聞かせていたんだけど……」

「優羽は充分やってる。もし仕事を辞めたとしてもおじさんもわかってくれるよ」

父は昔から『優羽のやりたいことをすればいい』と言っていて、私がガーデンデザイナーの夢を語ったら、大阪の専門学校へ行くよう勧めてくれた。就職が決まったときも一緒に喜んで、仕事で悩んだ際に電話で相談すると真剣になって聞いてくれた。

そんな父が突然この世を去り、バラ園を廃業する話が出たとき、私は賛成できなかった。

父がずっと大事に守ってきた大切な場所を、私が守っていかなくちゃ。

そんな思いで継ぐことを決めたけれど、一生懸命やっても私ではだめだった。

父の残した借金もこのままではどうしたって返済できない。

父は紀伊の言う通り理解してくれるだろう。それよりも今の私を心配しているかもしれない。

「じつは……お母さんから縁談の話があったの」

「ええっ⁉　え、縁談？」

紀伊は素っ頓狂な声をあげて驚いている。

包み隠さず美羽の代わりのお見合いだと話し、その際には母の再婚した相手の養子になる件も伝える。

「びっくり……した。ものすごく衝撃的なんだけど。それで、どんな人とお見合いをするの？　もしかしてお母さんに強要されてる？」

私は座布団から立ち上がり、チェストの引き出しにしまっていた封筒を持って戻る。

「強要はされてないわ。でもいい返事を期待されてる。この中に写真とプロフィールが書かれた書類が入ってるから見て」

封筒を紀伊に手渡して席に着く。

「まったく美羽ってすごいわ……優羽も彼女みたいに自由に生きられたらいいのに」

紀伊はため息を漏らしながら、封筒から中身を出す。

「生理的に受け入れられない男だったら、即断った方がいいわ。どれどれ……」

書類を開いて間に挟まっていた写真に目を落とす。

「どういうこと⁉」

「え？　どういうことって？」

写真から顔を上げた紀伊はポカンとした表情で、ゴクリとつばを飲み込んでから口を開く。

「顔面偏差値がありえないくらい高いのに、なんでお見合いなんてするの？」

「お母さんが言うには、たび重なるお見合いにうんざりしていると」

「だから、どうしてお見合いするの？　冷たそうな感じだけど、この人なら嫌でも女性が近づいてくるわよ。それにあの有名な神倉家の末裔《まつえい》だし。この若さで副社長！　お見合いするなら、政略結婚的に良家の女性のはずよ？　お母さんの再婚相手が良家なの？」

「良家かはわからないけれど、日本中に店舗があるアパレル会社の社長って聞いたことがある」

紀伊の疑問はもっともだと思う。彼なら恋人に不自由しないだろう。

「あ、もしかして写真で美羽にひと目惚れしたのかも」

「それじゃ、優羽がお見合いする意味ないじゃない。一卵性双生児とはいえ、よく見たら違うもの」

「だよね……私と美羽じゃ、外見が違いすぎるもの」

まだ食べていなかったおにぎりをパクッと食べる。

「優羽だって、おしゃれしたら美羽みたいになれるわよ。性格はまったく違うけど」

「それは無理だって」

「でも、私はお見合いするのは賛成よ。養子になるのも」

「え……？」

口の中に入っていたおにぎりをゴクッと飲み込み、紀伊を見る。

「だって、このままじゃ優羽の人生がおもしろみのないものになっちゃう。結婚が一概に幸せにつながるとは言えないし、ここでバラを育てるのも選択肢のひとつだけど、さっきの状態を見たら、優羽がどうにかなっちゃうんじゃないかと思った」

「紀伊……あのね、知らなかったんだけどお父さんに借金があったの」

「え？」

紀伊があぜんとなり、事態が発覚した経緯を口にする。

「お父さんが大切にしていたバラ園を手放したくはないけれど、もうどうしていいかわからない……」

「つらいね。そんな大きな借金があったなんて」

「このことはお母さんにも言えてない。借金はいつか自分で返さなきゃってもちろん思ってるけど……もしお見合いがうまくいったら私は新たな人生を歩むことになる。バラ園を続けられるか不安で仕方ない今の状況から、抜け出したいだけなのかもしれない。こんな状況でお見合いなんて受けていいのかな。逃げてるだけなのかな？」

「そんなことないよ！　相手だって、たび重なるお見合いにうんざりしているんだよね。言い方はよくないけど、形だけでも妻がいた方がいいってこと。ある意味お互いに目的は合致しているんじゃない？」

　紀伊の言う通り、相手には目的があって、私にも……。

「遠くへ行っちゃうのは寂しいよ？　でも、優羽はここを離れた方がいい。ひとりで住んでいるのは危ないと思うし」

　紀伊は私のことをよく考えてくれている。

「それにさ、お見合い断られても、東京へ行けばお母さんがいるからひとりじゃないもの。私たちはいつだって会えるし」

「ありがとう。紀伊。これで決心がついたわ」

「お見合いのことは気軽に考えて、美羽みたいに自由を謳歌するんだよ？」

これからどうなるかわからない。お見合いは母の思い通りにはならないだろう。

断られたら母はがっくりするかもしれないけれど、愛する人がいる姉のためにも、

ひとまず私にできることをしよう。

二、双子の姉の代わりの縁談

紀伊と話して決心した翌日、母に電話をかけた。

前日に紀伊が帰ってすぐ母に電話をしなかったのは、衝動的に行動するんじゃなくひと晩考えたかったから。

その結果、認めたくないがバラ苗育成農業はやはり若輩者の私には難しいという結論に至った。

父が亡くなってから一年間、ひとりでずっとつらいと感じながらもやらなければならないと一日も休まずにバラと向き合ってきた。

でも売り物になるバラはほんの少しで、さらには父の借金が判明する事態に。

今回体調が悪くなって、無理して仕事をするのは大変だったし、葉も病気になって、私では力不足なのだろうとひしひし実感した。だからバラ園を廃業して、どこかで働きながら借金を返済していこうと決めたけど。

お父さん、ごめんなさい……。

母の提案通り、美羽の代わりにお見合いをするとも決めた。きっと私では結婚には至らないと思う。この先どうなるかわからないけれど……。

電話で今の考えを伝えると母は喜び、すぐにでも迎えに来るという。でもバラ園を廃業するにあたり、とにかくバラの引き取り先を探さなければならないので時間をもらいたいと告げた。

母は大至急お見合いの段取りをする必要があるからと、とりあえず翌週の木曜日までの猶予となった。

すぐ柏原のおじさんに相談し、知り合いのバラ苗育成農業をしている人に引き取ってもらえるか聞いてもらうことに。

ここを離れるにあたって一番の心配はバラだった。一日でも水をあげなかったらこの時期すぐにだめになってしまう。

返事を待つ間、私にできることは病気の葉を落とすことだ。

一日経って、朝の水やりをしていると、柏原のおじさんがやって来た。

「おはようございます」

水やりの手を止めて挨拶する。

「やあ、優羽ちゃん。おはよう。引き取り先が決まったよ」

「本当ですか！」

「ここから十キロほど離れているバラ農家さんが快諾してくれたよ。明日にでも取りに来られると言っているが、どうする?」

「もちろん大丈夫です。こちらが運ばなくていいのでしょうか……?」

「ああ。四トントラックで来ると言っているから、一度で運べそうだ」

バラの引き取り手が見つかり、安堵の笑みが広がるとともに肩の力がスッと抜けていく感覚だった。

「おじさん、いろいろとありがとうございます」

「私も優羽ちゃんがバラを育てることをずっと懸念していたから、こうなってよかったと思っているよ。仁志もそう思っているはずだ」

「そうだといいのですが……」

「そうに決まってるさ。優羽ちゃんはまだ若いんだ。一緒に働いてくれる夫でもいたらこんなに苦労をしないで済んだかもしれないが、ひとりでは大変だ。身を粉《こ》にしても収入が見込めないんじゃ、この先体を壊しかねないと心配だったんだよ」

柏原のおじさんは顔をしかめてみせ、「じゃあ明日の時間は電話で連絡するよ」と言って帰っていった。

バラの鉢植えはすべて無事に引き渡せた。取りに来た農家さんは父を知っており、「しっかり育てるからね」と言ってくれたので安心した。

母からは連絡があり、お見合いのセッティングができたとのことで、一週間後の金曜日に迎えに来てくれるという。

肩の荷は下りたが、慣れ親しんだ環境と紀伊と離れるのは寂しい。いつでも会えるとは思っているが、ここを離れる前に紀伊と出かけることになった。一日中出かけるのは、父が亡くなる前以来だ。

紀伊の仕事が休みの木曜日、自宅の最寄り駅から電車で一時間ほどのところにある伊勢神宮へと向かった。神聖な空気に満ちた伊勢神宮を参拝し、日頃のお礼と今後の自分が平穏な生活を送れるように心の中で願った。

真夏の暑さで、紀伊は私がまた熱中症にならないか心配して、涼める場所でもちもちのうどんのランチをしたり、なめらかなあんこがおいしい和菓子やアイスがのった抹茶のかき氷を食べたりした。

母と北森氏へのお土産もいくつか買って、たっぷり紀伊と話をして帰宅した。

「一生の別れじゃないし、連絡を取り合おう」と約束して。

そして翌日、東京から母が迎えに来た。

前回と同じく名古屋で借りたレンタカーの後部座席に、私が当座必要なものを入れたキャリーケース二個とショルダーバッグをのせる。荷物はそれだけだが、ひとりで運ばないで済むのは助かる。

まだ家の片づけなどが終わっていないから、お見合い後に何度か戻ることになるけれど、まずは目的のお見合いをしてからだ。

助手席に乗り込むと、車が走り出す。

「優羽、よく決心してくれたわ」

母はハンドルを握り、前方を見ながら口を開く。

「お母さん、美羽に電話を何度かかけているんだけど出ないの。大丈夫？」

「昨日やっとつながったわ。パリで元気よ。優羽に話がいくとわかっていたから出なかったみたい。自分のせいだから申し訳ないと思っているわ」

だったら、電話に出てくれればいいのに……と思うが口には出さなかった。

「それで……お見合いの日は？」

避けて通れないから早く知っておいた方がいい。

いちおう母たちが笑われないくらいには、見た目だけでも整えなければと思う。

「明後日の日曜日よ」

「ええっ？　明後日って、もうすぐよ？」

「玲哉さんは忙しい人だから仕方ないの。だから明後日に備えて明日は忙しいわよ。エステにヘアサロン、ネイルサロンに予約を入れてるからね。服はうちのを着てもらうから、それは用意済みよ」

母は明日の予定をつらつら話す。

「心の準備が……」

「そんなのはいつになってもできないでしょう？　あ、市役所に着いたわ」

市役所へ寄ったのは、養子縁組に必要な書類を発行してもらうためだ。

名古屋に到着したのは十五時を回った頃で、新幹線に乗って一時間半ほどで品川駅《しながわ》に着いた。

そこからはタクシーで向かい、十分後、東京湾《とうきょうわん》が見渡せるタワーマンションのエントランスにつけられた。

タワーマンションの存在は知っていたけれど、そびえ立つような建物の上階に人が住んでいるのが信じられない。

母が案内した階は二十七階あるうちの十階だった。まだ地面に近いのでホッと安堵する。

「十階だけど、角部屋だから景色はいいのよ。あ、ここよ」

大理石の廊下を進み、黒いドアの前でひとつのキャリーケースを引いている母が立ち止まる。鍵を開けて中へ入るよう私を促した。

キャリーケースを玄関に置いて、出してくれたスリッパに足を通す。

「とりあえずひと休みしましょう」

「お母さん、東京から日帰りの往復だったから疲れたよね」

廊下を進み、母がドアを開けるとそこは広いリビングルームだった。窓は大きく東京湾がビルの間から少し見える。

素敵な景色だけれど、窓に近づくと足がすくみそうだ。

「洗面所は廊下の左手のドアよ」

リビングルームから続く左側にはアイランドキッチンを備えたダイニングルームがあって、母はそこへ歩を進め、私は洗面所へ行き手洗いを済ませる。

私が住んでいた家とはまったく異なり、ホテルのように整然としている。

リビングルームに戻ると、ちょうど母がアイスティーを運んでくるところだった。

「座って。北森は出張で火曜日に戻ってくるわ」

黄色の三人掛けのソファに腰を下ろす。

赤いセンターテーブルや黄色の原色を使った家具のある、モダンな部屋だ。

「北森さんのこと、名字で呼んでるの？」

「え？　仕事で呼ぶ癖がついちゃって。どうぞ、飲んで」

「いただきます」

おしゃれなグラスに入ったアイスティーをひと口飲む。

「食事は七時にしましょう。飲んだら部屋に案内するわね。数日は私たちふたりだけだから気兼ねなくくつろいでね」

母はにっこり笑みを浮かべてから、アイスティーのグラスを口へ運んだ。

住まいは３ＬＤＫで、客室にしていたという八畳の部屋にはシングルベッドとドレッサーが置かれており、そこが私の部屋だと案内された。

今まで知らなかったが、美羽は一年前から都内のマンションでひとり暮らしを始めていた。姉も遊びに来たときはこの部屋に泊まるのだという。

「食事まで一時間くらいあるから荷物の整理をするといいわ。クローゼットにうちの服をかけておいたから、好きなのを着なさい」

「夕食の支度手伝うよ」

「いいの。荷物の整理が終わったら休んでいなさい」

そう言って、母はソファから立ち上がった。


翌日は朝食を済ませると、クローゼットの中にあったベビーピンクのAラインのワンピースを着るようにと言われて着替える。

それから区役所へ行って養子縁組の届出を提出した。

お見合いが成立するまで養子縁組をしなくてもいいのではないかと提案したが、『優羽は大事な娘で、今までなにもしてあげられなかったから、お見合いとは別の話よ』と母は言ってくれた。

その後、母の車に乗って銀座《ぎんざ》のエステサロンへ行き、フェイシャルを中心に施術された。日に焼けすぎているわけではないが、ツートーンくらい顔が白くなった気がする。頰に手をやると、肌がすべすべになった気もする。

母は仕上がりに満足し、続いて近くにある母が通っているヘアサロンへ案内される。

腰まである黒髪を肩甲骨辺りまでカットして軽くし、明るすぎないブラウンにカラーリングする施術を受けた。顔の周りにはレイヤーを入れて動きを出し、軽く見せるという。

腰まであった黒髪はずっとカットしたかったが、なかなか美容室へ行けずに伸ばしっぱなしだった。鏡に映るできあがりの顔を見るとだいぶ変わった。それでも美羽のようにはなれていないはず。

「素敵よ。やっぱり一卵性の双子ね。美羽とうりふたつよ」

母は満足しているみたいだけど、うりふたつと言うには無理があるのではないかと思う。

その後ネイルサロンへ寄り、派手すぎないローズピンクをベースにキラキラしたラインストーンなどがつけられた。

慌ただしい一日を終えてベッドに入る。明日のお見合いのことを考えて、なかなか寝付けない。

母のためにもお見合いは成功させたいが、うまくいくとは思えない。考えれば考えるほど、お見合いは無意味なのではないかと思い始める。それに、私では姉の身代わりは務まらないのではないかとも思う。

しかし約束したからには、母のために逃げることはできない。

考えているうちにいつの間にか眠りに落ちた。

お見合いは神倉さんの都合で、十七時に東京駅近くにある外資系のホテルのラウンジでふたりだけで会うことになった。

私の想像していたお見合いは両家の両親を含めたものだったので、ふたりきりで会うのはホッとしていいのか、でも彼とふたりだけになってうまくしゃべれないのではないか、などと憂慮している。

「綺麗よ。清楚なワンピースが優羽には似合うわね」

母が着るように勧めたのは、ベージュのフレンチスリーブにIラインの膝下までのワンピース。フレンチスリーブの部分はオーガンジーだ。

こんな素敵なワンピースを着るのは初めてで気恥ずかしい。

「優羽、気に入られて、お夕食も一緒に過ごせるようがんばるのよ。ラウンジは二十五階でレセプションの横にエレベーターがあるわ。帰りはタクシーで帰ってきなさい。玲哉さんは忙しいんだから、気に入られても送ってもらわずに遠慮しなさいね」

東京が不慣れな私のために母は愛車でホテルまで送ってくれ、エントランスに車がつけられた。

母は期待で目を輝かせている。

「……できるだけ努力します」

エントランスで降ろされた私は、ラグジュアリーなホテルに歩を進める。

見慣れないドアマン、フロントには外国人が数人いて、脚が震えてくる。

ラウンジは二十五階……レセプションは……。

豪華で大きなシャンデリアのあるロビーを見回して、隅にあるレセプションらしきデスクとその脇に通路があるのを見つけた。

エレベーターに乗り込み、腕時計へと視線を落とす。

ラウンジに近づくにつれて、心臓が痛いくらいドキドキ暴れ始める。

こんな緊張は今まで経験したことがないから、即座に逃げ帰りたい気持ちに襲われるが、自分を奮い立たせて大きく深呼吸をしてからラウンジの入口に立った。

入口にいるスタッフの女性に声をかける。

「あの、神倉さんと——」

「承っております。どうぞ、こちらです」

制服を着た女性のうしろについていき、奥まったところにあるドアの前へ来た。

「こちらでお待ちになっておられます」

「ありがとうございます」

女性スタッフはドアをノックし「お連れ様がいらっしゃいました」と声をかけてから開ける。

「失礼します」と口にしてから一歩踏み出す。

写真で見た男性が窓際に立っており、こちらに振り向いた。目と目が合った途端、心臓がドクッと跳ね、慌てて頭を下げる。

「き、北森優羽です」

北森の姓は初めて口にするので、上擦ってしまった。

「神倉玲哉です。座りましょう」

うしろにいた女性スタッフがひとり掛けのソファ椅子を私のために引く。

正面に立った神倉さんに「どうぞ」と言われ、腰を下ろした。彼も座るが、その所作はスマートで、私の知るほかの男性とはまったく違った。

「飲み物とスイーツはいかがですか?」

神倉さんは女性スタッフにうなずくと、メニューを彼女から差し出され受け取る。

スイーツは大好きで、高級ホテルだからとっても気になるけれど、彼を前にして食べられる気がしない。

「アイスカフェオレだけでいいです」

「俺はアイスコーヒーで。

「北森さん、本当に食べませんか?」

「はい!」

問いかけに間髪をいれずに返事をしてしまい、その場が一瞬静まり返った気がした
が、神倉さんは女性スタッフに「それでお願いします」と頼み、彼女は出ていく。

彼は長い脚を組み、膝の辺りで両指を重ねてジッと私を見遣る。居心地が悪くて、
神倉さんの視線から逃れたいが、そうすることもできない。

「では、さっさと片づけましょう」

え? 片づけるって……?

困惑しているうちに、神倉さんが口を開く。

「北森さん、笑ってもらえませんか?」

「わ、笑う?」

「ええ。笑って」

私が笑う意図がわからずにキョトンとなる。

「笑えと言われても……」

「それくらい簡単でしょう?」

神倉さんの口調は丁寧で静かだけど、鋭利な刃物のように聞こえる。

わけがわからないわ。

仕方なく頬を緩ませるが、引きつった笑い顔になっているだろう。

「いいですよ。それと、ペットを飼っていたことは？」

「子どもの頃に中型犬を飼っていたことがあります」

なにを考えているのかわからない人だわ。

そこへドアがノックされて、先ほどの女性が飲み物を持って現れた。彼女はテーブルに飲み物を置くと出ていく。

緊張と意味不明なことをさせられて喉がからからだ。

無駄に顔がいいけれど、こんな不可解な人と結婚できるの？　まあ、神倉さんは断るつもりだと思うから心配しても仕方ないか。

アイスカフェオレのグラスを掴《つか》んだとき――。

「結婚しましょう」

グラスを持った手が固まって、神倉さんを見遣る。

「今なんて……？」

まさか、聞き間違いよね。〝結婚はお断りします〟って言われたのよね？

「結婚しましょうと言ったんですよ」

「え？　結婚しましょう？　私と……ですか？　ご存じの通り、私は美羽じゃないです。双子ですが、姉の方がずっと綺麗で──」

「優羽さんだとわかっていますよ。あなたのお母様からつい先ほど電話で聞きました。美羽さんには恋人がいるから双子の妹と見合いしてほしいと。どうぞ飲んでください」

まだグラスを持ったままの私に神倉さんは無表情で勧める。

「……いただきます」

アイスカフェオレをストローで飲みながら、神倉さんの言動に困惑するばかりだ。

神倉さんはストローを使わずグラスに口をつける。

「お尋ねしますが、優羽さんがこの場に現れたのはなぜ？　強制されたから？　正直に言ってかまいません。俺たちの世界ではなんらかの双方の利益で見知らぬ者同士が突然結婚しても驚かれない」

母が事前に相手が私になったと伝えていたなんて知らなかった。それでも彼がお見合いを断らなかったのは、紀伊が言っていたように結婚には目的があって、割りきって考えているからだろうか。

正直にか……。結婚しましょうって言われてるし、話しておかなければ。

「強制ではないです。姉と、両親のためにお見合いを了承しました。姉の美羽は恋人がいるので私が」

「一卵性双生児ですね。そっくりに見えます。ご両親のためにとは？」

「あの……両親が服飾ブランドを経営していまして、もうすぐ完成する麻布の商業施設に出店させていただきたいと」

「そんなことで？　もちろん親戚になるので審査は通しましょう。……それより君自身の本音は？　話を受けることにした理由があるんじゃないですか？」

射ぬくような鋭い目線を向けられ、一瞬固まる。

立ちゆかなくなったバラ園のことが頭に浮かんだ。でも私が石川優羽として三重でバラ苗育成農業を行っていたことなんて彼は知らない。母の手前言うわけにもいかないし、どうにか取り繕わなくちゃ。

「私には姉のように大事にしたい恋人もいなければ、叶えたい夢も、両親のようなビジネスセンスもありません。だからせめて家族の役に立てればと」

「なるほど。では、結婚するにあたってなにか要望は？」

まるでビジネス会話のような質問をされ、少し考えてみる。

「要望……あ、仕事をしたいので専業主婦はできませんが、家事はきちんとします。

でないと借金が――」

余計なことを言ったと気づいたときには遅く、「借金だと?」と彼が眉をひそめる。

「あ、す、すみません、余計なことを。あの、決して娯楽のために借りたわけではなくてっ」

終わった。理由のわからない借金を抱えた女との結婚なんてありえない。

お母さんごめんなさい、お見合いは失敗――。

「借金さえなければ君は結婚を了承するのか?」

「え?」

彼の口調が変わる。

「俺が借金返済の肩代わりをしてやる。君が働く必要はない」

まさかの返答に、驚いて目を見開く。

「肩代わりって……そんなご迷惑はおかけできません」

「君は神倉の人間になるんだ、借金なんてありえない。それにこの結婚では俺ばかりが得をするからな。そのくらいさせてもらうよ」

借金がいくらあるかもわからないのに肩代わりすると言いだすなんて、住む世界が違いすぎる。そもそも……。

「あの、神倉さんが私なんかと結婚してもいいと思う理由はなんでしょうか？」

「君を気に入ったからだ」

神倉さんが妖艶な微笑みを浮かべるので、ドキッと心臓が跳ねる。

「君もそうだろうが、もうこれで見合いは終わりにしたい。両親が俺の結婚、孫を心待ちにしている」

ま、孫……。

「はっきりさせておきたい。俺はわずらわされることなく仕事ができるよう妻が欲しい。パーティーなどで同伴のときや、神倉家の嫁としてある程度のことはしてもらう」

「家のことは私に任せて仕事をしたいということですよね？」

「その通り。君は建前上の妻で、双方の家の都合のいいように動けばいい。男をつくる以外は好きなことをしてくれてかまわない。ただし、跡継ぎはつくらなければならないから、時期がきたら君を抱く」

あからさまに『抱く』と言われて驚くとともに狼狽《ろうばい》する。でも結婚の条件が跡継ぎをもうけることなら、彼とそういう関係になるのも同義……。

姉や母、そして新しい自分の未来のため、ここは結婚成立の条件として割りきるしかないと、自分に言い聞かせる。

しかし、話がすごい内容で、頭が追いつかない。

〝男をつくる以外は好きなことをすればいい〟

まさに望んでいることだ。

「好きなことをしていいのですね？」

「ああ。常識の範囲内で」

『好きなこと』と言われて、ふとガーデンデザイナーの夢が思い浮かんだ。今度こそその道を目指せる？　きっと常識の範囲内よね。

借金を肩代わりしてくれるというのが本当なら、ゆくゆくはガーデンデザイナーの仕事に就いて少しずつでも彼にお返ししたい。

孫に関しては恐ろしくハードルが高いけれど、それを除けば条件は願ったり叶ったりだと思う。

「わかりました。神倉さんの希望通りでいいです」

「君は変わっているな。今までの見合い相手は顔を真っ赤にして怒り心頭だった」

今までのお見合い相手はきっと、〝建前上の妻〟として跡取りをもうけるのではなく、心から愛し合い一緒に生きていくような関係になりたかったのではないだろうか。

そうじゃないと怒り心頭にはならないはず。

「では、結婚話を進めよう」

そう言われて、心臓がドクンと大きく跳ねる。

これでいいの……？　でも恩があるし、母の気持ちにも応えたい。

最初から愛がなければ期待することもないから、かえって順風満帆な結婚生活を送れるのではないだろうか。

「はい。よろしくお願いします」

「明日から十日間の出張が入っている。帰国したら君が住む家を案内しよう。それまでに準備を整えてほしい」

「準備？」

「引っ越しだ。家具は揃《そろ》っているが、持ってきてもかまわない。それから、結婚式はやらなくてもいいと思っているが、女性はしたがるだろう？　出張先から戻ってすぐ婚姻届を提出した後に式場をみつくろって式を挙げてもいい」

まるでビジネスのように淡々と話す神倉さんに不安を覚える。

「……私は挙げなくてもかまいません」

「それはおいおい考えよう。両親たちも結婚式を望むはずだから」

「あの神倉さん、あの、急いで婚姻届を出す理由を教えてください」

「結婚して君も神倉になるのだから、俺のことは玲哉と呼んでくれ。急いで結婚する理由は簡単だ。さっさと済ませて仕事に集中したい」

神倉ホールディングスの副社長ともなると、私なんかには想像もできないくらいに忙しいのかしら。それとももしかして彼は仕事中毒？

「君の連絡先を教えてくれないか？」

玲哉さんがポケットからスマホを取り出し、番号を交換した。

画面をすばやくタップしていく長い指に思わず見とれてしまう。

彼はスマホをしまうと、ふいに私の顎に手をかけてきて、上を向かされた。

あっけに取られているうちに唇が重なった。

突然キスされて驚くあまり瞼を閉じられず、玲哉さんの美しい顔はぼやけているが、長いまつげだけははっきりとわかった。

触れるだけの唇が私の唇をもてあそぶように食み、舌先が口腔内に侵入した瞬間、玲哉さんの胸を押して離れる。

「い、いきなりキスだなんて……」

「体の相性は大事だろう？」

体の相性……？

「ひ、必要でしょうか？」

男性に触れられるのが苦手なのに、彼のキスは驚いたけれど嫌じゃなかった。

「わからないフリはやめておけよ。興覚めする」

「そういうつもりでは……」

「本当は結婚前にセックスをして相性を確かめた方がいいのだろうが。その清純そうな外見が嘘じゃないことを祈る。まだカフェオレが残っている。支払いは済ませているから飲み終えてから帰るといい。じゃ」

困惑するようなことを表情も変えずに言ってのけた玲哉さんは、颯爽とした足取りで立ち去った。


ホテルのエントランスから乗ったタクシーが、マンションの前に到着した。

神倉さんは忙しい人だから送ってくれると言っても断りなさいと母は言っていたけれど、そんなのはひと言もなくホテルのラウンジで別れた。

彼はどんな人なんだろう。合理的で現実主義、とにかく仕事が忙しそう。それが今日会った印象だ。

母は結婚が決まったと知ったら喜ぶだろうな。

料金を払いタクシーから降りて、エントランスへ向かった。

玄関の鍵は持っているが、いちおうインターフォンを鳴らしてドアを開け、リビングルームへ歩を進める。母の姿が見えない。

まだ帰っていないんだわ。

玲哉さんと会っていた時間はほんの数十分。それからまっすぐ戻ってきたから、二時間も経っていない。

母としては夕食をともにしてから帰宅するのを望んでいたのだから、まだ帰らないと思ってどこかへ寄っているのだろう。

先にお風呂に入らせてもらおう。

湯船に体を沈めると「はぁ～」と口から声が漏れる。

玲哉さんの妻になったら、好きなことができる。利害の一致による契約結婚でも自分次第で幸せになれるはず。

髪と体を洗って、玲哉さんとのことは落ち着いてから考えたおかげで、それが私には合っている結婚なのかもと思えた。

将来ガーデンデザイナーになれるかもしれないし、子どもができたら愛情はそっちに百パーセント注げば寂しくない。

子どもをつくる行為は怖いが、夫なのだからと割りきれば乗り越えられるはず。

洗面所の鏡の前で髪を乾かしているとき、玲哉さんに『笑って』と言われたのを思い出す。

いきなり〝笑って〟って、やっぱり不可解だわ……。

ドライヤーのスイッチを止め、鏡に向かって笑みを浮かべる。

笑うと私の右頬にはえくぼができる。美羽は左側だ。

彼がなぜ笑うように言ったのか、やっぱりわからないわ。

洗面所を出てキッチンでウォーターサーバーから冷たい水を飲んでいると、母が帰ってきた。両手にたくさんのショッパーバッグを下げている。

「あら、早かったじゃないの」

ショッパーバッグをその場に置いてそばにやって来ると、私の手を掴んでソファに座らせる。

あまりにも早いと思ったのだろう。母も隣に腰を下ろし、心配そうな表情で見つめてくる。

「どうだった？　こんなに早いってことはだめだったの？」

「ううん。結婚することになったの」

母の目が見開かれてから、うれしそうに破顔する。

「それは本当なの？　私を喜ばせようとして嘘をついていない？」

「そんなこと言ってもバレるでしょう？　嘘なんてつかないわ。麻布の商業施設のテナントの件も問題ないと言ってくれたの」

「まあ……優羽、玲哉さんに気に入られたのね。さっそく北森に連絡しないと！　本当に本当なの？」

「本当よ」

想像していた通り、母は大変な喜びようだ。

「玲哉さんは明日から十日間の出張で、戻ってきたら婚姻届を提出するって。それまでに引っ越しの準備をしてほしいと言われたわ」

「進みが早いわね。時間がないわ、嫁入り道具をいろいろ買わないと」

「嫁入り道具？　玲哉さんは、家具は揃っているから持参しなくてもかまわないって。だから買いに行く必要はないわ」

首を左右に振る私に、母はうなずく。

「届け出が先なのね。結婚式はどうなるのかしら？」

「たぶんやると思う。双方の両親が希望するはずだからって」

「優羽、ありがとう。あなたなら気に入られると思っていたわ。今日はレストランでお祝いしましょう。予約するわ」

母は立ち上がり、バッグからスマホを出してレストランへ電話をかけた。


歩いて十分ほどのところに、以前は倉庫だったというレストランがあった。

母は常連らしくレストランのスタッフと親しげに話をして、テラス席に案内される。

海の匂いがする。海外旅行はしたことがないが、まるで異国にいるみたいな気分になる。

おしゃれな雰囲気のレストランなんて、考えてみたら初めてだ。専門学校と職場は大阪だったが、学生時代はアルバイトで生活費をまかない就職してからは少ない給料から父へ仕送りしていて、贅沢などできなかった。

シャンパングラスを合わせ、母はうれしそうに笑ってから飲む。私もひと口だけ飲み、綺麗に盛りつけられた海老のカクテルをつまむ。

アルコールが進むと、母は「そうだわ！　明日、おしゃれなランジェリーを買いに行きましょう」と口にする。

「そ、そんなのいらないわ」

母とこういった会話をするのは恥ずかしいからやめてほしい。

「だめだめ。下着も美しいものを身に着けなくては。玲哉さんに愛想つかされるわ」

「わかったから、その話はやめて」

隣のテーブル席の人に聞かれたらと思うと、羞恥心に襲われる。

ちょうどステーキが運ばれてきたので、母に勧めて無理やり話を逸らした。

それほど用意するものはないと思っていたが、翌日、母は私を銀座に連れ出した。デパートの化粧品フロアではハイブランドの化粧品一式を購入し、バッグや革製品の小物を購入した。

そんな高価なものはいらないと言ったが、神倉さんの顔をつぶさないようにある程度のものは必要だと納得させられてしまった。

帰宅は夕方になり、ふたりで地下駐車場に止めた車からショッパーバッグを運んだ。

買ってもらったものを開封している間、母は夕食を作ってくれている。

今夜は私のリクエストでハンバーグだ。小さい頃の母にまつわる思い出は、ときどき作ってくれたハンバーグだった。

「あら、まだなの？」

ダイニングテーブルに料理を並べ終えた母が、ソファにいる私に近づく。

「たくさんあるんだもの。お母さん、こんなに散財して大丈夫……？」

「あたり前じゃないの。今まで優羽になにもしてあげられなかったのに、お見合いを引き受けてくれて、とても感謝しているのよ。これくらいさせてもらって当然。仁志さんのもとへ置いてきてしまって後悔していたの」

「お母さんは私のこともパリへ誘ってくれたわ。私が行かない選択をしたの」

「あの頃は自分で判断できる年じゃなかったわ。優羽は優しいから、お父さんをひとり残して行けなかったの。苦労させてしまったわね」

母の瞳が潤んでいる。

「私はお父さんと過ごせてよかったわ。ご近所さんも優しかったし、親友もいたし」

「親友って、紀伊ちゃん？」

「うん。今はパティシエールになって家のケーキ屋さんを手伝ってるの。定休日の木曜日はたいていお土産を持ってきてくれて。あ、そうだ。数日、家に戻りたいの。片づけしないと」

「そうね、結婚してからだとなかなか行けないものね。わかったわ。行ってきなさい」

東京へ来ると決まってからも片づけはしていたが、まだまだ五分の一ほどしか終わっておらず、かなりの日数がかかるだろう。

帰ったら紀伊に会いたい。

時間を無駄にしないためにも、東京を今夜二十二時十分に発つ高速バスに乗ることにした。

伊勢《いせ》市の五十鈴川《いすずがわ》駅に到着するのは翌朝の八時十五分の予定で、そこから電車に乗って家へ向かうことに。


予定通りにバスに乗り電車へと乗り継ぎ、早朝家に到着した。

たった数日しか経っていないが、敷地内に止めてある軽トラックになつかしさを覚える。

玄関に入るとムワッと熱がこもっていて、ものすごく暑くて急いで窓を全開にする。

東京のマンションと比べると田舎の古びた家だけど、生まれてから長く暮らしたところだし、匂いとか、慣れ親しんだ家具などもあるから落ち着く。

父が亡くなって一年が経つが、今でもひょっこり縁側からタオルで汗を拭きながら現れそうだ。

来る途中で買ってきたペットボトルの麦茶を飲んでひと息つき、それから外に出てバラを育てていたハウスへと歩を進めた。

家の中の片づけは夜でもできるが、八月でまだまだ暑いので、外の作業は午前中のうちにやってしまわねば。明るいうちじゃないとできないから。

ハウスの中はすっかりガランとしている。父が大事に育てていたバラの鉢が並んだところを思い出して、喪失感に襲われてしまう。

そんな思いを振り払うように、手袋をはめて中に入っていた木箱や道具などを外へ運ぶ作業に没頭した。

お昼の時間になって、そうめんと冷蔵庫に残っていたネギとシソ、梅干しを薬味にして食べながら、スマホを開いて紀伊へメッセージを送る。

【今朝掃除しに戻ってきたの。東京に戻るのは四日後よ】

それだけ打って送ると、すぐに電話がかかってきて、明日の夜泊まりに来て片づけを手伝ってくれることになった。

翌日の夜、紀伊は仕事が終わってから来てくれた。明日は定休日なので、ケーキや焼き菓子を持って。

「優羽〜、なんだかものすごーく久しぶりな気がするよ」

玄関で顔を見るなり、紀伊が泣きそうな顔で抱きつく。

「私もよ。伊勢に行ってから一週間も経っていないのにね」

紀伊は顔を起こして、私をまじまじと見つめる。

「ずいぶん変わってびっくりだわ」

「やっぱり変わったよね。自分でも鏡を見ると一瞬驚くもの」

部屋の中に移動しながら尋ねる。

「ほんと、優羽がこんなにイメチェンするなんて。髪が軽くなって明るいし、この爪、めっちゃ綺麗っ。キラキラゴージャスでセレブのお嬢様みたい。そうそう、お見合いはこれから？」

「とりあえず食べながら話そう。おなか空いたでしょ。紀伊の好きなコロッケとサーモンのマリネ作ったの」

夕方、車で五分ほどのところにあるスーパーで食材を買ってきて、久しぶりに手の込んだ料理を作った。

「うれしい！　優羽のコロッケおいしいのよね。小学校の頃から料理してたから、私よりずっとずっと上手だもの」

「今、ご飯とお味噌汁を用意してくるから座ってて」

紀伊を座布団の上に座らせるとキッチンへ行って、紀伊のケーキの箱を冷蔵庫の中にしまい終えてからご飯とお味噌汁を用意して戻る。

「食べよう」

「いただきます」

紀伊がサーモンのマリネに箸をつけるのを見て、口を開く。

「お見合いは日曜日だったの」

「それじゃあ、東京へ行ってすぐじゃない。それでどうだったの？」

「結婚することになった」

紀伊は一瞬ポカンと口を開けてから、にっこり笑う。

「優羽を気に入ったのね。そりゃあ、こんなにかわいくて性格もいいんだから、そうに決まってるよ。神倉さんはイケメンだし、裕福だし、言うことないね。まあ、どんな人でも優羽を大切にしてくれる人なら大賛成なんだけど」

子づくりが条件だという件については紀伊には話せない。そんなことを言うなんて信じられないと、怒るだろうから。

「紀伊、ありがとう。非の打ちどころがない人よ」

彼なら人前では仮面夫婦としてうまくやるだろう。

「本格的に東京に住むんだね。寂しいけど、前にも言った通りいつでも会えるから、その時を楽しみにしてる」

紀伊は寂しそうに笑みを漏らし、コロッケをパクッと食べる。

「玲哉さんの仕事の都合で、近々婚姻届を出すの。結婚式は後日挙げることになると思う。そのときは出席してね」

「もちろんよ！　絶対に出席するわ。楽しみだな～」

「ありがとう。ここを片づけないとならないから、結婚後も何度か来ることになるわ」

「いつでも連絡して。私も手伝うから」

「紀伊がいてくれて本当にありがたいよ。まだ五分の一くらいしか進んでいないから」

私が二歳の頃に祖父、翌年に祖母が亡くなったが、それまでこの家に住んでいたから、奥の部屋には祖父母の服など荷物が大量にある。

それらを処分するには大変な労力が必要だろう。

夕食を食べ終わった後、さっそく奥の部屋の片づけを始める。袋やビニールでまとめたものを、不用品回収業者に持っていってもらう。

翌日も紀伊のおかげで二部屋の不用品がまとめられ、彼女は夕方帰っていった。

金曜日も朝から片づけをし、夕方にシャワーを浴びてから慌ただしく家を出た。

高速バスが早朝東京に到着し、品川区のマンションに着くと、北森氏と母は朝食を食べているところだった。

「北森です。優羽さん、今回は心から感謝していますよ」

写真で見たことがあるが、大柄で目鼻立ちがはっきりした男性だ。若い頃はモデルをしていたと美羽から聞いたことがある。

「いえ……しばらくお世話になります。よろしくお願いします」

「優羽、朝食がまだでしょう。ベーコンエッグ作るから座っていなさい」

母はそう言ってキッチンの方へ歩を進め、椅子から立っていた北森氏は席に着く。

「優羽さん、座ってください」

今まで母がいた隣の席に腰を下ろす。

「娘になってくれてうれしいです。私のことはお継父《とう》さんと呼んでください」

「はい。私のことは呼び捨てでかまいません」

そこへ母がアイスカフェオレとベーコンエッグを運んできた。

「優羽は美羽と違って分別があるし優しいし……美羽を甘やかして育てた私のせいね」

母は美羽を大事に育てていたから、姉を下げるような言い回しは私に対しての気遣いなのだろうと思う。

「顔はよく似ているが、落ち着いた雰囲気の娘さんだ」

「優羽、食べなさい。きっと玲哉さんの好みにピッタリだったのね」

玲哉さんから言われたことを母や北森氏にも話すつもりはないから、いろいろ聞かれないで済むように「いただきます」と言って、ロールパンを手に取って口に入れた。

三、慣れない生活

玲哉さんから連絡があったのは、彼が出張を終えた翌日の木曜日だった。

夕食後、個室で母から渡されたファッション雑誌を見ているときにスマホが鳴った。

玲哉さんからの着信で、タップして出る。

「はい。北森です」

《神倉です。今度の日曜に引っ越しできますか？》

あまりにも連絡がないので、彼の気が変わったのかもと考えたりした。

そうではなかったようだが、唐突に用件を伝えられて一瞬返答に詰まる。

《聞いていますか？》

「え？　あ、はい。日曜日の何時にお伺いすればいいですか？」

荷物はキャリーケース二個と、先日の片づけの時に持っていたいと思ったアルバムなどで、それらは抱えるほどの段ボール箱が合計七個ほど。ほかに母が用意してくれた服や小物などがあり、一番の大荷物だ。

引っ越しは母が手伝ってくれることになっている。

《荷物はどれくらいですか？　人を手伝いに行かせましょう》

「大丈夫です。母に頼んでいるので」

《お母さんの手をわずらわせる必要はない。こっちから人を出す。荷物はどのくらいありますか？》

「キャリーケース二個と段ボール箱が七個です」

《三時に迎えに行かせる。俺は二時まで会議があって長引くかもしれない。その時は家政婦に案内させる》

日曜日まで仕事だなんて、相当の仕事中毒だわ。それに家政婦さんがいたなんて……。でも超大企業の副社長なんだからいるのはあたり前なのかな。

「わかりました。よろしくお願いします」

通話を切って、スマホを枕もとに置く。

玲哉さんは命令することに慣れている人で、思ったことは通す。そんな人とうまくやっていけるのか不安に駆られる。

でも、もう決めたんだから考えちゃだめ。

土曜日の夜は、テーブルマナーが不安な私のために、母と北森氏が高級フランス料理店へと連れていってくれた。

食事をしながら習うが、こんなにさまざまな種類のナイフとフォークがあるとは思っておらず、今後恥をかかないために教えてもらってよかった。

そして日曜日の十五時、三人の男性がやって来た。玲哉さんが手配した人たちだ。

彼らは荷物を運ぶにはふさわしくないスーツを着ている。

壮年の男性から名刺を差し出された。

「私は副社長の秘書の的場《まとば》と申します」

引っ越し業者が来ると思っていたが、会社の人だったなんて。

「休日に申し訳ありません」

「いえ、それでは荷物を運ばせていただきます」

うしろにいたふたりの男性とともに、玄関に用意していた荷物を運び始める。

スーツに汚れとかひっかき傷などつかないだろうかと憂慮しているうちに、彼らは荷物を手早く運び出し、タワーマンションのエントランスにつけた高級ワゴン車にのせた。

その様子を車のそばで見ていた私に、的場さんが前につけていた別の高級外車の方を示し「席にどうぞ」と勧めてくれたので、助手席のうしろの席に腰を下ろす。

荷物をのせた方の高級ワゴン車にはほかのふたりが乗り、私は的場さんの運転で向かうらしい。

彼のプロフィールにはたしか住所は六本木《ろっぽんぎ》とあったが、地方の田舎に住んでいた私には都会でおしゃれな街だとしかわからない。

「では、ご自宅へ向かいます」

的場さんは後部座席のドアを閉めると、運転席に回った。

十五分くらいで豪華なエントランスに車が止まった。

ドアマンが立っていて、その奥には高級感漂う明るいロビーが見える。

「着きました」

「ここはホテルでしょうか？」

「はい。三十一階からレジデンスになっており、副社長は四十階と四十一階がつながるメゾネットタイプのお部屋を所有しています」

四十階と四十一階？　どういうこと？　それに高所すぎる。母の家の十階でさえ、窓際に立ったら足がすくみそうだったのに。

「レジデンスの入口は隣にあります。こちらは警備員にコンシェルジュが常勤しております。ご案内します」

うしろに止まった車から先ほどのふたりが降りて、荷物をホテルにあるようなバゲッジカートにのせ始める。

私をレジデンスの入口に促した的場さんは顔パスのようで、警備員に軽く会釈してからエレベーターホールへ向かう。

四基あるエレベーターのひとつ、四十階にしか止まらない一基に乗り込む。

「このエレベーター以外ご自宅には行けませんのでご注意ください」

「は……い」

はるかに想像を超えるラグジュアリーなレジデンスで、ここに住む私の姿が想像できない。

エレベーターは高速で一気に四十階へと上がっていく。

四十階に到着して降りると、廊下を進んだ奥の高級そうな大きい黒いドアの前へ案内される。

的場さんがインターフォンを押してすぐ、中からエプロンをつけた年配と思《おぼ》しき女性が現れた。

「旦那様がお待ちです」

女性が現れて一瞬驚いたが、どうやら家政婦のようだ。母親だったら〝旦那様〟とは言わないだろう。

「どうぞ」

目が合った家政婦はやわらかい笑みを浮かべる。優しそうな人でよかった。

用意されていたスリッパに足を入れて、彼女の後に続く。玄関は私が住んでいた部屋と同じくらいの広さがあり、靴が一足も出ていなかった。

廊下の先にあるガラスのドアが開けられ、そのラグジュアリーなインテリアに息をのんでいると、右の方から白い塊が突進してきた。

え？

「ワンッ！」

ドンと衝撃を受けたが、飛びついてきた犬を抱きしめる。

久しぶりに犬を抱きしめる感覚を懐かしく思い、つい笑みがこぼれる。

犬は興奮している様子で、尻尾をフリフリさせ、夢中で私の匂いを嗅ぎそれからペロペロ腕をなめてきた。

「なんてかわいいの！　玲哉さんが飼われているんですか？」

真っ白で毛足の長い大型犬だ。

「はい。三歳で遊ぶのが大好きなんです。ロン、だめでしょ。大丈夫ですか？」

家政婦は私から犬を引き離そうとする。

「はい。平気です。ロンというんですね。ロン、お座り」

「あ、旦那様は英語で命令を。Sit.」

「そうなんですね。犬種は……」

家政婦の命令を聞いたロンは私から離れてお座りをする。

「サモエドです。ご存じでしょうか？」

「はい。たしか、シベリア原産だったと記憶しています」

ロンの視線を感じて目を向けると、期待の目で見られている気がして頭をなでる。

「そうです。シベリアです。お詳しいのですね」

「ふわふわで、かわいいですね。昔、中型犬の雑種を飼っていました。またいつか飼いたいと思っていたのでうれしいです」

「初対面の方に飛びつくのは初めてですよ。ロンに気に入られたようです」

お見合いのときに玲哉さんが『ペットを飼っていたことは？』と聞いたのは、犬が大丈夫かどうかの確認だったようだ。

「ロン、よろしくね」

頭をなでてあげると、尻尾をパタパタ振ってうれしそうだ。

「ただいまお手拭きと飲み物をお持ちします。ソファでお待ちください」

家政婦はそう言ってどこかへ行ってしまう。

ホテルのスイートルームのような広いリビングルームに、センスのいい高級であろう家具やソファがある。

なによりも驚いたのは、上に伸びる階段があることだ。

たしか的場さんは四十階と四十一階と言っていた。リビングルームだけでも四十畳以上ありそうなのに、なんて贅沢な住まいなの。

ふと左手の一角にたくさんの鉢植えがあるのが目に入り、ソファに座らずに近づく。ロンも私の後をついてくる。

玲哉さんとの生活は淡々としたものだろうと思っていたから、ロンがいてくれてうれしい。

ロンから鉢植えに顔を向ける。

バラの鉢植えがいっぱい……。

ポツポツとピンク色の花を咲かせているが、もう枯れる一歩手前だ。

思わず手を花びらにやったとき——。

「触らないでくれないか？」

その声にビクッとなって、花びらから手を戻す。

玲哉さんがこちらをうかがうように見ながらうしろに立っていた。

「とげが危ないから」

「大丈夫ですよ。優しいんですね、ありがとうございます」

バラを傷つけるつもりはなかったことを伝えるように笑みを浮かべて答えると、彼は一瞬表情を固め、ふいっと視線を逸らす。

「ソファに掛けて。ロン」

私がバラに慣れていることは話すといろいろと説明が必要になってしまうので「……すみません」と言って、ソファへ向かう彼とロンの後を追う。

玲哉さんはペールブルーの半袖のシャツに白のパンツ姿で、足首を少しまくっていて猛暑の中でも涼しげに見える。実際、部屋はカーディガンを羽織ってもよさそうなほどの温度だ。

私は三人掛けのソファに座り、玲哉さんは斜め前のひとり掛けのソファに腰を下ろした。彼の横でロンは伏せている。

ロンはリラックスしているが、私は玲哉さんの前だと緊張してしまう。

ミントグリーンのワンピースにはしわひとつないのに、無意識に手はしわを伸ばすように動く。

「家事は通いの家政婦がやるから、君は好きなことをするといい。家政婦は通常一日おきで毎日九時から四時まで。掃除、洗濯、夕食作りを頼んでいる。君の部屋は上で、俺の隣のコネクティングルームだ」

コネクティングルーム……？

荷物を抱える三人の姿がリビングルームに見え、階段を上がっていく。秘書の的場さんと打ち合わせ済みなのだろう。

彼らは玲哉さんに声をかけることなく、さっと会釈して出ていった。

荷物を運んでくれたのでお礼を言いたかったが、そんなタイミングもなかった。きびきび動く彼らを見ても、玲哉さんは厳しい上司なのかもしれないと思う。

そこへ家政婦が氷の入ったアイスグリーンティーを運んできた。それぞれの前に置くとすぐその場から立ち去る。

「なにか聞きたいことは？」

「玲哉さんの出勤は何時ですか？」

「七時だ。朝食は抜いているから、君は食べたい物を作って食べるといい。昼食も」

「朝食を抜くのは体に悪いです。私が作りましょうか？」

「いや、必要ない」

即座に言いきられてしまい、その鋭く冷たい物言いに体がこわばる。余計なお世話だっただろうか。

そんな私の姿を見てか、彼は少し困ったように話を続けた。

「怖がらないでくれ。怒っているわけじゃない……。毎晩遅いから、家政婦が作った夕食は先に食べていてくれ。就寝も待たないでいい」

玲哉さんの言葉にほっと胸をなで下ろす。そして、驚くほど顔を合わせる機会がなさそうだと想像する。しいて言えば朝くらいしかないだろう。

これが夫婦になる現実……。

愛し合えなくても友人くらいにはなれるのではないかと思っていたけれど、取りつく島もない。

「明日、婚姻届を提出してほしい。婚姻届は君が書けば整う」

玲哉さんはセンターテーブルの上に置いてあったＡ４サイズの封筒を私に渡す。

「わかりました」

「その中に家の鍵と、カードをつくるまでの現金が入っている。別になにを買ったとか報告しなくていい。食材などは家政婦が手配しているから、とくに買う必要もない」

封筒を手にして家の鍵を手にする。カードキーだった。

「家政婦の松田《まつだ》さんに家の中を案内してもらってくれ。俺がこの家にいるときは書斎か寝室だ。なにか疑問があれば夕食のときに。なにも予定のない日の夕食は七時に。ああ、それから借金については処理済みだ」

こんなに早く返済処理をしてくれたなんて驚いた。

「あ、ありがとうございます。働いてお返しします」

「必要ない。仕事などしなくていいから、家でやりたいことをしてくれ」

サラッと流されてしまい戸惑う。

彼の妻として、下手に外で働いたら体裁が悪くて困るのかもしれない。でもどうにかして返す方法を考えなくちゃ……。

玲哉さんはすっくと立ち上がり、二階へ上がっていく。

あの美麗な顔に笑みを浮かべることなんてあるのかな。クールすぎて想像できない。

小さなため息を漏らす。

ロンはご主人様が立ち上がったとき目を開けたが、行ってしまうと気にせずにもう一度眠りの体勢になった。

アイスグリーンティーを飲んでいると、松田さんが現れた。

「旦那様からご案内するよう承っております」

「よろしくお願いします」

松田さんは私たちの様子を見て、結婚するのに不自然な夫婦関係だと思っていないのかな。割りきった関係だと話してある……？　でも、そんなことを家政婦に話す人でもなさそうだし……。

ソファから立ち上がる。

「まずはこの階からご案内します。左手に見える部屋には旦那様がお手入れなさっているバラが置いてあります。普段は決められた通りに私が水をあげています。キッチンのカレンダーに私の出勤日を記入していますので、後でご確認お願いします」

松田さんは右手に進む。ロンはいつの間にかリビングルームの一角の大きなクッションの上に寝そべっている。

「こちらはダイニングルームとキッチン、バスルーム、パウダールーム、ユーティリティルームがあります」

パウダールーム？　ユーティリティルーム……？

コネクティングルームとか、聞きなれない言葉ばかりだわ。ロンの命令も英語だし。

つい日本語で言ってしまいそうだ。

松田さんは最初にキッチンを案内する。

キッチンはアイランドタイプで、ホワイトとブラウンを基調とした落ち着いたデザインだ。

パウダールームに案内されて、私が知るものよりも広くて機能的な洗面所のことだとわかった。おしゃれな棚がふたつ並んでいる。

「こちらが奥様の場所です」

洗面台の右横の棚の扉を開けて教えられた。玲哉さんは左側だという。

どこも高級ホテルのように綺麗で住んでいる感がない。

そしてユーティリティルームは家事室だとわかった。通常、松田さんはキッチンかここで仕事をしていると話す。

「お二階をご案内いたします」

階段を上がり、すぐ近くのドアが書斎だそう。シアタールームがあり、その並びにベッドルーム。奥のドアの前の廊下に、先ほど運んでくれた荷物が置かれていた。

「では、私は夕食の支度をしますので、なにかありましたらお呼びください」

「ありがとうございました。荷物を片づけます」

松田さんは私から離れ、階段を下りていった。

ひとりになって部屋の中へ歩を進める。そこは十畳くらいあるだろうか、クイーンサイズのベッドが中央に鎮座している。

ドレッサーとチェスト、すりガラスの引き戸を開けると四畳くらいのウォークインクローゼットだ。その反対にドアがある。

「これは……？」

ドアの取っ手に手をかけて開けてみると、ミッドナイトブルーの大きなベッドが目に入り、慌てて閉める。

玲哉さんの寝室だったのね。ドアで行き来できるのが、コネクティングルームっていうのかな？

『跡継ぎはつくらなければならないから、時期がきたら君を抱く』

お見合いの際の玲哉さんの言葉を思い出して、顔に熱が集まってくる。

時期が来たらって、今のままだったらそれもなさそうに思える。

赤ちゃんか……。子どもがいたらこの冷えきった関係も気にならないかもしれない。だけど、そこに至れるのかというところが問題だ。恋愛などほぼ未経験の私には、彼とそのような行為をするなんて想像すら難しい。

考えたって仕方ない。今は荷物を片づけよう。

ドアを開けて、キャリーケースや段ボール箱を部屋の中へ運び入れ、ウォークインクローゼットへひとつの段ボール箱を持っていく。

「こんな贅沢な世界があるなんて……」

二面には服がかけられ、チェストもある。一面はなにに使うのかわからないが、ガラスのショーケースみたいになっている。

服をかけていく。母が用意してくれたものばかりだ。私が家から持ってきた服を母に見せたら『みすぼらしいから置いていきなさい』と言われたのだ。

たしかに玲哉さんの妻であれば、着古したTシャツや綿のショートパンツは似つかわしくないだろう。

母は困らないほどの夏物ばかりを持たせてくれて、秋冬物はまた用意するからと言っていた。

アルバム類は段ボール箱から出さずに、かけた服の下に置いた。

クローゼットが広いので、持ってきたものは隅の方でこぢんまりとしている。

化粧品はドレッサーの引き出しにしまい、片づけを終えた。

素敵な部屋だ。紀伊がこの部屋に来たらベッドにダイブしそうだなと想像したら、クスッと笑えた。

普段家政婦の退勤時間は十六時だが、今日は慣れない私のために夕食までいて、キッチンのものがどこにあるかなど教えてくれた。

おいしそうな夕食がテーブルに並び、書斎から玲哉さんが現れると松田さんは挨拶をして帰っていった。

「食べよう。まだ仕事があるから俺はアルコールを飲まないが、好きなら飲むといい。ワインセラーにいろいろ入っている」

普段、食事のときにお酒は飲まないし、グラスビールの半分でふわふわしてくる。

「いいえ。必要ないです」

向き合う形で席に着く。

「いただきます」

レストランのような洋食が並んでいる。真鯛のポワレや魚介類がたっぷり入ったブイヤベース、ほかにも私が作ったことのない料理がある。

こんなのを毎日食べていたら、私が作るものなんて素朴《そぼく》で、食べてもらうのが恥ずかしい。いちおうレパートリーはある程度あるが、テーブルに並ぶ品々は食べるのも初めてだ。

玲哉さんは静かに食べ始めている。

「まだお仕事があるなんて、大変ですね」

「それはどういう意味で？」

玲哉さんは不思議そうな表情だが、思いがけない返しで私は一瞬キョトンとなる。

「……日曜日だし、夜まで仕事をしなくてはならないのは大変だなって」

「言っただろう？　なににもわずらわされずに仕事をしたいと。少しも大変ではない」

「もちろんわずらわせたりしませんので、思う存分お仕事をなさってください」

「わかってもらえてうれしいよ」

玲哉さんはそう言って口もとを緩ませる。私が仕事に理解を示したのがそんなにうれしいのかな……？　会話がかみ合っているのかいないのか、よくわからない。

不思議な気分になりながら、スプーンを手にして魚介の出汁がたっぷりのブイヤベースのスープを口にした。


バスルームを先に使い部屋に戻るとき、リビングの一角で寝ているロンを見る。

そこはロンの居場所で、しっかりしつけられているようで眠っている。

かわいい。

驚いたことに、散歩をする人が来てロンを連れ出すという。朝七時半と十八時だそうだ。ペットシッターは三十代の女性で、近くのペットショップのオーナーだと松田さんが教えてくれた。

留守中に家に入るのだから、信頼していなければ任せられないだろう。

「おやすみなさい」

ロンに小声で言ってから、階段を上がり自分の部屋に入る。

玲哉さんが忙しすぎて愛犬の世話は人任せになっているが、ロンが彼を信頼して服従しているのはわかるから、いい関係なのだろう。

まだ二十一時。でもずっと緊張していたせいで精神的に疲れたので、ベッドに入る。

信じられないくらい寝心地のいいマットレスだ。安眠できそう。

まだ法的に夫婦ではないんだから、玲哉さんがこっちに来る心配は皆無。結婚する人だからか、彼のことをほとんど知らないにもかかわらず安心感があった。

翌朝、バラを育成していた頃みたいに五時過ぎに目を覚ましたが、朝食は必要ないと言われている。玲哉さんが出かけるときに『いってらっしゃいませ』と挨拶をすればいいのだろうから、六時になるまでウトウトし、それから着替えて洗面所へ向かう。

まだ物音は聞こえずリビングルームに降りると、伏せていたロンが顔を上げる。

「ロン、おはよう。じゃなくて、good morning. でも、命令じゃないから、おはようでいいのかな?」

ロンに近づき、フワフワの頭から耳のうしろをなでてあげる。

サモエドは耳がピンと立っていて、尻尾は柴犬のようにクルッと巻いている。

「顔洗ってくるね」

言っていることがわかるのか、ロンはついてこないでその場にいる。

すごく賢い子なのね。

パウダールームへ行き、顔を洗う。あてがわれた棚からスキンケアの化粧水と乳液を取り出して顔に塗る。

昨日入ったバスルームもバスタブは大人が三人は浸かれそうなほど広く、一角にはシャワールームまであった。

あんな古い家に住んでいた私が、こんな最新式の高級ホテルのように豪華なマンションで暮らすなんて思いもよらなかった。

だけど、今はものすごくホームシックに襲われていて、家へ帰りたい気持ちに駆られる。

パウダールームからキッチンへ行き、朝食は食べなくてもコーヒーは飲むかもしれないと考えて、松田さんから教わったマシンを使う。

氷をたっぷり入れればアイスコーヒーになるし、多めに作っておこう。

あと十分で七時。

キッチンを出てリビングルームへ歩を進めると、ロンが散歩に使うリードをくわえて待っている。

「なんてかわいいの！」

もうすぐ散歩だとわかっていて、おとなしく待っているロンがいじらしい。

しゃんがんでロンに抱きつく。ロンを見れば自然と笑顔になる。

ペロッと頬をなめられそうになって、両手を口の横に置いて笑顔で止める。

「だめだめ。化粧水と乳液がついているからね」

「すっかり君に懐いたようだ」

グレーのスーツを着た、一分《いちぶ》の隙もない玲哉さんが近づいてくるのが見えて立ち上がる。

「おはようございます」

「おはよう」

黒革のビジネスバッグを持ち、そのまま玄関へと足を運ぶ。

洗面所を使った気配はなかったのに……。

玲哉さんを見送るため、しわひとつないスーツを見ながら不思議で仕方がない。

でも洗面所を使ったかなんて聞けず、彼がピカピカの革靴に足を通すのを見ている。

「婚姻届の提出を頼む」

「はい。午前中に出してきます」

夫婦になるのに、仕事で指示を受けているみたいに思えてしまう。

「いってらっしゃいませ」

「いってきます」

玲哉さんはドアノブに手をかけると、振り返ることなく出ていった。

生きてきた中でこんな対応をされたことがないから、戸惑うし、寂しい。

「でも、いってきますって言ってくれただけでもよしとしなきゃ」

玄関を離れてリビングルームへ戻り、ロンと遊んでいると、突として耳をピンとドアの方へ向けた。

「ワン！」

そこへ入ってきたのは三十代くらいの女性で、彼女は私を見て驚き、自己紹介してくれた。ペットシッターだという。

「ロン、いってらっしゃい」

頭をなでて見送ってから、階段を上がり自室へ入ってベッドの端に腰を下ろした。

昨日渡された封筒に入っているものをドレッサーの上に出す。

長形封筒があり、その中を見てみると多額のお金が入っていた。

『カードをつくるまでの現金が入っている。別になにを買ったとか報告しなくていい』

当座は使う必要はないからしまっておこう。

鍵付きの引き出しに入れて鍵をしめた。

それから婚姻届に記入し、メモ用紙に書かれていた区役所の住所をスマホで検索する。徒歩十分ほどの場所で、地図アプリを起動すれば迷子にはならなそうだ。

ロンが散歩から帰ってきて、朝ごはんをあげてからペットシッターの女性は帰ったようだ。

家政婦の松田さんやペットシッターはこの家の鍵を持っている。他人に出入りされて心配ではないのだろうか。

壁には高そうな絵画が飾られ、花瓶などの調度品もある。

この家に出入りする人たちは、高いプロ意識で雇い主の信頼を得ているのだろう。

階段を下りると、ロンが近づいてくる。

「ロン、おかえり。散歩は楽しかった？」

頭をなでてからキッチンへ行く。

コーヒーマシンのスイッチを切っていなかったので、少し煮詰まってしまったみたいだ。

スイッチを切って、カップにたっぷり氷を入れてからコーヒーを注ぐ。冷蔵庫に牛乳を見つけて使わせてもらった。

松田さんからは『奥様なんですから自由に使ってください』と言ってもらっている。

バゲットを見つけてカットしてからオーブンで焼き、卵はスクランブルエッグにし、茹でたウインナーを添えた。

ダイニングテーブルで朝食を食べる間、ロンが足もとで寝そべっている。

ロンがそばにいるだけで癒やされる。

九時少し前に松田さんがやって来た。昨晩、キッチンにあるカレンダーでシフトを確認済みだ。

松田さんは通常一日おきの出勤だが、都合の悪い日をほかの日に振り替えることもあるらしい。

「奥様、おはようございます」

「おはようございます。少ししたら出かけてきます」

「お昼はどうなさいますか？」

松田さんはベージュのエプロンを身に着けながら尋ねる。

「外で食べてきますのでお気遣いなく」

「わかりました。それでは掃除から始めます」

頭を軽く下げ、出かける支度をするために自室へ向かった。


道を間違うことなく区役所に着いて婚姻届を窓口に提出し、数分で受理された。

結婚しちゃった……。

自分の選択は間違っていないのだと思いたい。

でも、本当によかったんだろうか……。

そんな気持ちを紛らわせるために近くの商業施設へ行ってみたが、とくに興味を惹かれるものはなく、ただ時間をつぶすかのようにうろうろする。

しばらくして書店を見つけた。店内は広く専門的な書籍も多くみられる。

ゆっくりと店内を回り、庭のデザイン本を三冊と、併設されている文具店でスケッチブックや三十色ある色鉛筆を購入した。

そうしているうちに昼食時間になり、コーヒーショップでサンドイッチとアイスティーのランチを済ませてから帰宅した。


ドアを開けてリビングルームへ入ると、ロンが走ってくる。

「ロン、ただいま」

頭をなでていると、松田さんがキッチンの方から現れた。

「おかえりなさいませ。すっかりロンは奥様に慣れましたね」

「ただいま。とてもかわいい子で、メロメロです」

今も下へ顔を向ければ、「ハァハァハァ」とベロを出して期待の目で見られている。

そこで松田さんに聞こうと思っていたことが頭をよぎる。

「あの、二階にもバスルームがありますか？」

「はい。旦那様のお部屋の隣にシャワールームがあります」

謎が解けてスッキリした。こんなすごい豪邸なんだからそうかなと思ったりしたが。

「こんなにかわいい方が奥様なのに、朝から晩まで外でお仕事だなんてご主人様も大変ですね」

「え？　あ、ええ……」

どうやら松田さんは、私が彼の部屋の隣にシャワールームがあるのを知らなかったことを勝手に解釈しているようだ。間違ってはいないけれど、本当の理由はまだ正式に夫婦になる前で義務が発生していなかったから……だなんて口が裂けても言えない。

「もうほんと、玲哉さんは仕事中毒ですね。買ってきた本を読むので部屋にいますね」

新妻っぽく演じたつもりだけど、ボロが出ないよう早く退散しなくちゃ。

「飲み物をお持ちしましょう。お好みは？」

「自分でやりますから気にしないでください」

人にやってもらうことに慣れていないので、やんわりと断ったつもりだが、松田さんは「雇い主なのですから、申しつけてくださいませんと」とニコニコしている。

「では……アイスティーはできますか？」

「もちろんでございますよ。レモンとミルクは？」

「レモンでお願いします」

「それではお持ちいたします」

松田さんが私から離れキッチンへ消えていくのを見て、ロンに「またね」と言って自室へ向かった。

ドレッサーの椅子に座り、書店で購入してきた三冊の本を天板の上に置いて、一冊を開く。

住宅とエクステリア、庭のデザインの書籍は高かったが、大阪でガーデンデザイナーを目指して奮闘していた日々のことを思い出させてくれる。

専門学校在学中は園芸学、造園技能実習、造園施工やガーデンデザイン、その他基礎知識などを学んだが、だいぶ前のことなので忘れている部分が多い。

とはいえ、今は焦ることなく少しずつ勉強していけばいいと思っている。

授業の中で一番好きだったのが、ガーデンデザインだった。絵を描くのは好きなので、暇つぶしにスケッチブックと色鉛筆を買ってきたのだ。

そこへドアがノックされ、椅子から立ち上がり向かいつつ「どうぞ」と返事をする。

ドアが開き、松田さんがアイスティーのグラスがのったトレイを持ってくる。

「ありがとうございます」

松田さんからトレイを受け取る。

「お礼など毎回言わなくてもいいのですよ。それでは、時間になったら帰らせていただきます」

「はい。声をかけなくてもかまいませんから」

松田さんは「はい」と言って、部屋から出ていった。

十七時過ぎ、スマホが鳴った。本を読んでいたから突然の音にビクッと肩が跳ねる。

着信は玲哉さんだ。通話をタップして出る。

「優羽です」

《婚姻届は受理された？》

「はい。午前中に」

《今から地図を送るから、三十分後そこに来てもらえるか？》

いったいなんなんだろう。言葉が足らなくてわからない。

「わかりました」

返事をすると、通話が切れた。

なんの用なの？　まさか夕食ってことはないよね。松田さんが作ってくれているし。

メッセージアプリを開いて彼が送った地図を見る。

レジデンスの裏手にある商業施設の地図だった。世界的に有名なハイブランドの宝飾店名が書かれてある。

もしかして結婚指輪……？

いちおう玲哉さんは体裁を気にしているのかもしれない。

以前ネットで検索した際、ここ一帯の土地は神倉ホールディングス傘下の『神倉地所《かみくらちしょ》』のもので、玲哉さんのオフィスはその商業施設に入っていると記憶している。

カットソーとジーンズから、マリンブルーのパンツスタイルのセットアップに着替え、家を出て約束の場所に向かった。

レジデンスの一階に下りるたび、コンシェルジュと警備員から会釈されるのに慣れず、ドギマギする。

頭を軽く下げてレジデンスを出ると、舗装された道へ歩を進める。都心なのに緑がたくさんあり、気持ちが落ち着く場所だ。

ロンはここを散歩するのかな。

指定された宝飾店の前へ到着したのは約束の二分前だ。中へ入るべきか迷っていると、玲哉さんが現れた。

「入ろう」

彼に促され、警備員の立つ宝飾店の中へ歩を進めてすぐ、スーツを着た男性スタッフがやって来る。

「神倉様、お待ちしておりました」

うやうやしい態度の男性スタッフはこの店舗の支店長だと自己紹介し、奥の部屋へ案内された。

そこは八畳ほどの個室でおしゃれな猫足のソファセットがあり、座ってすぐ女性スタッフが飲み物を聞きに現れた。

玲哉さんと同じくアイスコーヒーをお願いし、入れ替わりに先ほどの支店長が四角い黒革のケースを持って入ってくる。

そこにはいくつものダイヤモンドのリングやシンプルなリングが、キラキラと輝かんばかりに鎮座していた。

「優羽、エンゲージリングを選ぶといい」

「エンゲージリングを？」

「もちろんだ」

とくに必要性を感じないが、支店長もいるので反論したら体裁が悪いだろうと押し黙る。

「どうぞお試しになってください。サイズは……失礼いたします」

支配人がサイズを測るリングを手にして、私の指を測る。

「七号でございますね。そのサイズのエンゲージリングとマリッジリングはほかにもございます」

支店長はドアの横で控えていたスタッフに持ってくるよう指示をする。

すべて出揃ったところで並んだエンゲージリングへ視線を落とし、好みのカットのリングを選ぶ。

どれも目が飛び出るほど高い。その中でシンプルなリングを指さして口を開く。

「これを……」

ラウンドブリリアンカットのダイヤモンドのみのエンゲージリングだ。

ほかのリングは大きなダイヤモンドの周りをメレダイヤが取り巻いているものばかりで、シンプルなデザインが自分には合うのではないかと選んだ。

七号サイズのエンゲージリングはピッタリと左手の薬指に収まった。

「まるでご婚約者様のためにつくられたエンゲージリングのようです」

もう婚約者ではないが、エンゲージリングを選んでいるのだからそう思われても仕方なく、玲哉さんも否定しない。

支配人の満面の笑みに、玲哉さんは「それにしよう」となにを考えているのかわからない表情で口にする。

マリッジリングはプラチナ台に蔓《つる》の模様が入っただけのものを選んだ。

左手の薬指のサイズを測られた玲哉さんは「君に任せる」と言って傍観していた。

ダイヤモンドが入っているからきっとこれも高級なんだろうけど、なによりも蔓の模様が気に入った。ダイヤモンドが入っていなくても、このハイブランドの宝飾店のは驚くほど高い。

どのリングもサイズを直すことなく合うものがあり、玲哉さんは支払いを済ませ、私たちは宝飾店を出た。

滞在時間はたった三十分くらいだ。

「まだ仕事が残っている。先に夕食を食べてくれ。じゃあ」

宝飾店のショッパーバッグを私に手渡し、玲哉さんはその場から立ち去った。

指輪のお礼を言う間もなく彼が行ってしまったので、「ふぅ」とため息を漏らす。

次に顔を合わせたときでいいか。

ひったくりに遭うのではないかと、有名な宝飾店のショッパーバッグを持って歩くのは怖かったが、胸に抱えるようにして急ぎ足で帰宅した。

十八時には五分ほど早く、まだペットシッターの女性は来ていない。

私の姿に、ロンは散歩のリードをくわえて期待している。

「ロン、ごめんね。お姉さんはすぐに来ると思うから少し待っててね」

ロンの頭をなでて自室へ向かった。


十九時に松田さんが作ってくれた和食料理を食べた後、ロンとおもちゃで遊ぶ。ロンの存在がうれしい。ほとんどの時間ひとりだったら苦痛を覚えるだろう。

その後、バスルームを使ってドレッサーの前で髪を乾かして就寝の支度をする。

リングの入ったショッパーバッグをどうするか悩んでいた。

この中に玲哉さんのマリッジリングも入っているので、リビングルームのセンターテーブル、もしくはダイニングテーブルに置いておけばいいのか。それとも明日の朝出勤前に渡せばいいのかだ。

夕食を食べるのならダイニングテーブルの上に置いておこうか。

迷った末、中の指輪に触れないままダイニングテーブルの上に置いた。テーブルの上にはラップがかけられた料理が並んでいる。

翌朝は六時三十分に目覚ましで起きて、とくに外出予定がないので白いTシャツを選ぶ。フランス語のロゴがさりげなく胸の辺りに入ったデザインで、ラフすぎるということもないだろう。それとジーンズを身に着けて顔を洗いに下りる。

ロンに朝の挨拶をしてパウダールームへ入る。

昨晩は玲哉さんが何時に戻ってきたのかわからなかった。防音性に優れていて、部屋に入ってしまうと物音がほとんど聞こえない。

志摩市の家は車が通るとガタガタと聞こえていた。

洗面を済ませ、コーヒーをセットするためキッチンへ足を運ぶ。

ダイニングテーブルの上にまだ宝飾店のショッパーバッグが置いてあったが、料理は食べたようでシンクの中に皿がある。

朝食を食べたら食洗機を回そう。

「そこにあるのは君のリングだ」

コーヒーの粉をセットしている途中、背後から突然話しかけられて、心臓が止まりそうなくらい驚いた。

平常心を取り戻しながら振り返る。

玲哉さんは完璧なスーツ姿に着替えており、すぐにでも出かけそうだ。

遅い帰宅で、早い出勤。睡眠時間は短いはずだから、大丈夫なのだろうか？

「指輪、ありがとうございました」

「俺たちの結婚の小道具にすぎない。明後日から一週間シドニー出張になった」

「わかりました」

小道具のためにあんなにも高額の指輪を購入したのかと、あまりの価値観の違いに閉口する。彼にとっては金額など気にする要素ではないのだろう。

「コーヒーは飲みますか？」

「いや、いらない。すぐに出る。見送りはいい。あと、今日も会食が入っているから夕食は先に食べてくれ」

玲哉さんは踵《きびす》を返し、キッチンを出て玄関に向かった。

見送りはいい……か。

その言葉の通り、玄関へは向かわずにコーヒーマシンのスイッチを押した。

今日松田さんはお休みだが、作り置きをしてくれていて夕食分まであるので、買い物へ行く必要もない。やることと言ったら掃除機をかけるとか洗濯くらいなのだが、松田さんからは『私が出勤の際にいたしますので奥様はお気になさらず好きにお過ごしくださいね』と言われている。

玲哉さんのスーツなどはどうしていいのかわからない。

すべてクリーニング……？

明日松田さんが来たら尋ねよう。

お昼前、リビングルームへ下りた。午前中は昨日購入した本を読んでいたが、頭が疲れてしまった。気軽に読める娯楽的な小説も買ってくればよかった。

ロンは私の姿に伏せていた体を起こして、尻尾を振っている。

「遊ぼうか」

ロンはカゴからゴムのボールを持ってきた。

「本当に君は賢いね」

いい子いい子して、少し離れてボールをロンに向かって軽く投げる。ロンはパクッと口にくわえて私のところへ戻ってくる。

お散歩に連れていってあげたいけれど、私は周辺に慣れていないし、真夏の昼間は肉球が火傷してしまうかもしれない。

しかもロンは大型犬だから、私は不慣れでなにかの折り制御できなくなるかも。

「ロン、今のところ朝晩のお散歩で我慢してね。秋になったら行こうね。私も近辺に詳しくなるようにするから」

三十分ほど遊んであげたロンは敷物の上にゴロンと寝そべった。

その姿が愛らしく笑みを漏らしてからキッチンへ行き、松田さんが作り置きしてくれている料理を温めて食べた。

「はぁ……」

東京へ来るまでは一日中仕事をして動き回っていたから、なにもしないのはかえって疲れる気がする。

明後日から一週間玲哉さんが家を空けるのなら、自宅へ行って片づけをしよう。

玲哉さんには実家へ泊まりに行くと言えば問題ないだろう。そもそも自由にしていいと告げられているのだから。

窓から見える外は夏の空で雲がプカプカ浮かんでいる。ここは四十階なので、空が近く感じられる。

まぶしさに左手を目の前にかざす。

まだエンゲージリングとマリッジリングは着けていない。マリッジリングははめようと思うが、エンゲージリングは普段必要ないと思っている。

翌日も玲哉さんとは顔を合わせるだけだが、彼の左手の薬指にマリッジリングがはめられているのに気づいた。

思わず「あ！」と声が漏れる。自分ははめていないことを思い出したからだ。

反射的に隠そうとしたところ、彼の視線は私の左手へ動く。

「君はわかりやすいな。指輪は？　ちゃんとはめてくれないか。いちおう君は俺の妻になったんだ」

玲哉さんの顔を思わず見ると、口もとを小さく緩ませている気がする。

「は、はい。すみません」

まさか指摘されるとは思ってもみなくて、謝るしかなかった。


その次の日も朝に顔を合わせる。

今日はしっかりマリッジリングをはめている。しかし、玲哉さんは私の指に目を向けることなくいつものように玄関へ向かう。

「玲哉さん、今日から出張でしたね」

黒革のビジネスシューズに足を入れた彼はこちらへ振り返る。

「ああ。夕方秘書がキャリーケースを取りに来る。松田さんとは面識がある」

「私も今晩から実家へ行ってもいいでしょうか？」

「かまわない。言ってあるだろう？　妻の役目があるとき以外は自由にしていいと。松田さんには出かけると伝えてくれ」

「わかりましたっ」

玲哉さんの了承を得たうれしさで顔をほころばせると、彼にジッと見られていることに気づく。

「な、なにか……？」

「いや、やけにうれしそうだなと思って。なにかいいことでもあるのか？」

玲哉さんのまっすぐに見つめる瞳にドキリとする。

「えっと、久しぶりに家族に会えるのがうれしくて……？」

「……そうか。いってくる」

「いってらっしゃいませ」

玲哉さんは玄関のドアを開けて颯爽とした足取りで出ていった。

よかった。今夜の夜行バスで行こう。

三重へ戻るから会えないか紀伊に聞いたら、彼と沖縄《おきなわ》旅行へ行く予定で、帰宅が来週の水曜日とのこと。玲哉さんの帰国より前には東京へ戻りたいから、今回は紀伊に会えなくて残念だ。

出勤した松田さんに、玲哉さんが一週間留守にすることと、私も三日か四日ほど実家へ帰る旨を伝える。

「結婚後初めて里帰りされるので、お母様も楽しみでしょう。ゆっくりなさってきてください」

「そ、そうですね」

近いので里帰りってイメージじゃないし、実際は三重県の以前の家へ行くので少しうしろめたさがある。


二十時過ぎ、自宅を出て東京駅へ向かい、コーヒーショップで夕食を食べてから二十二時十分発の夜行バスに乗車した。

夜行バスでは、前回もそうだったがぐっすり眠れない。何度も目を覚まし、早朝に五十鈴川駅へと到着するのを待った。

そこから電車に乗り、自宅のある最寄り駅に着いた。

駅前にあるコンビニで飲み物とおにぎりを購入して家へ歩を進める。

自宅が見えてくるとホッとするような、結婚したことが現実ではないような気分になる。

　家の中に入り真っ先に全部の窓を開けてから、さっそく片づけに取りかかった。

「ふぅ……」

　額から出る汗をタオルで拭う。

　ちゃんと睡眠が取れていないから疲れるのが早い。まだ十一時だけど、お昼休憩しよう。

　夕食後、スマホを見たら紀伊から沖縄の写真が数枚送られてきていた。

　彼と沖縄旅行か。好きな人と一緒って、どんな気分なんだろう……。

　私には一生その気持ちがわからないかもしれない。

四、想像していなかったセレブ生活

「おかえりなさいませ」

十八時過ぎに玲哉さんがシドニー出張から戻ってきた。昨晩、帰国時間についてはメッセージで送られてきていた。

「ただいま」

仕事がうまくいったのか、彼の表情はやわらかく見える。そんな玲哉さんが免税店のショッパーバッグを私に差し出す。

「……これは？」

「付き合いで買ったものだ。好きにしてくれ」

「ありがとうございます」

海外のお土産なんて初めてで、うれしい。

「お夕食は？」

「着替えたら食べる」

「すぐに食べられるように用意しておきます」

玲哉さんはキャリーケースとスーツ用のガーメントバッグを持って二階へ上がり、私はキッチンへ向かった。

今日は松田さんが急な体調不良で休みだったので、私が料理をした。

勝手に和食が恋しいのではないかと、サバの味噌煮とほうれん草のおひたし、ポテトサラダにした。お味噌汁は赤だしにして、具は大根と油揚げを入れた。

料理を温め直していると、白いシャツとチノパンに着替えた玲哉さんが現れた。性格はともかく、顔もスタイルもいいのでどんな服を着てもモデルのように着こなしている。

「ふたりで食べるのは初めてだな。シャンパンでも飲もうか」

「えっと……お料理が合わないかもしれません」

「合わないことはないだろう」

玲哉さんはキッチンの中にあるワインセラーからシャンパンとフルートグラスを手にして、ダイニングテーブルに着く。

「では、ご飯とお味噌汁は後にします」

「ああ。そうしてくれ。座って。乾杯しよう」

シャンパンの栓を慣れた所作で抜き、ふたつのグラスに注ぐ。

どうしたというのだろう。出張前の玲哉さんとは別人みたいな雰囲気だ。

彼の対面に腰を下ろし、フルートグラスを手に持つ。

玲哉さんはグラスを軽く掲げると口へ運び、私も同じようにしてシャンパンを飲む。

キリッと冷えたシャンパンをひと口飲んだだけで、喉から胃にかけ熱を帯びていく。

シャンパンを飲むのは初めてで、アルコールが苦手でもこれはおいしいと感じる。

酔っぱらわないように気をつけなきゃ。

「明日、両親が主催するパーティーへ顔を出さなくてはならない」

「パーティー……ど、どのような？」

まだ義理の両親に会ったことがないのに、パーティーで初顔合わせするなんて……。

「軽井沢《かるいざわ》のホテルで会社関係者や親戚を招待したものだ」

玲哉さんはもうひと口シャンパンを飲み、ポテトサラダを食べる。

「軽井沢……」

「ああ。招待客は昼間ゴルフコースを回り、俺たちは夕方からのパーティーへ出席する。一泊することになる。おそらく三十人程度だろう」

三十人も……。

「……パーティーではどういった服装を？」

「ワンピース程度だ。持っていなければ明日買えばいい」

ワンピース程度って、その〝程度〟がわからない。

「いちおう両親のファッションブランドのワンピースが何着かあります」

「そのブランドであれば大丈夫だろう」

「ご存じなのですか？」

彼が女性服のブランドに詳しいとは思ってもみなかった。

「うちに入店するのであれば、俺が必ずチェックする」

「そうだったんですね」

玲哉さんを前にすると緊張で喉が渇く。

シャンパンを三分の一ほど飲んだ。けれどその量を飲んだのにまったく平気なので、一杯くらい飲んでも大丈夫かな。

グラスに手を伸ばして、口をつける。

「明日は三時まで仕事をしてから出かけるから、それまでに荷物の用意を」

「わかりました」

本当に忙しいんだな。

彼は自分のグラスにシャンパンを満たし、断る間もなく私のグラスにも注ぐ。

もうすでにフワフワしてきているから飲まない方がいいのに、水のように飲む玲哉さんにつられるようにグラスを持ってしまう。

「……煮つけが冷めてしまいますね。ご飯とお味噌汁をお持ちします」

立ち上がると少し脚がふらついたが、気づかれることなくアイランドキッチンの中へと歩を進める。

ご飯をお茶碗によそい、温めたお味噌汁をお椀に入れ、玲哉さんの分だけトレイで運ぶ。

私の分までのせて運ぶのはやめた。落としそうだったから。

やっぱり私はお酒を飲んではいけない。

食事中フワフワしていた気分から、だんだんと胃がおかしくなったが、横になったら治ってホッと安堵した。

玲哉さんがダイニングテーブルを離れた後だったから、気づかれないでよかった。もし見られていたらバツが悪い。

キッチンの片づけを終えてから入浴し、リビングルームの隅で眠っているロンのところへ行き「おやすみ」と頭をなでて自室へ戻る。

ドレッサーの上に置いたお土産に目が留まった。

免税店のショッパーバッグは一部が透明で、四角い箱が入っているのが見える。平べったい箱もあって、先に出してみるとチョコレートだった。

もうひとつの箱を手にしてみる。

なんだろう……。

白いリボンがかけられたハイブランドのロゴ入りで、なにが入っているのか見当もつかない。

リボンをほどいて開けてみると、黒いベルトに花を象《かたど》った文字盤の時計だった。

「このキラキラって……ダイヤモンド……？」

付き合いで買ったお土産とは言えないくらい高額ではないだろうか。

でも彼の世界ではこれがごく普通なのかもしれないし……。

せっかくだから明日のパーティーのアクセサリーとして身に着けよう。

ウォークインクローゼットへ歩を進め、ワンピースやセットアップを見ていく。

センスのいい母の見立てだが、これらがふさわしいかわからない。

初めて義両親に会うのだから、清楚系のワンピースがいいよね。

以前、紀伊からもらった雑誌の、初めて彼の親に会うときの服装の特集で、そんなことが書いてあったのを覚えている。

アッシュピンクのシフォン生地のワンピースを体にあて、備え付けの鏡で確認する。シフォンには白い小花が全体に入っていて、華やかな雰囲気もある。

パーティーはそれに決めて、向こうで困らないように数着セットアップのパンツスーツなども選び、ガーメントバッグに明日入れることに。

母からプレゼントされた大きめのバッグに、一泊に必要な物を用意した。


翌日、十五時前に玲哉さんが会社から戻ってきて、荷物を持って家を出る。

普段着で行って向こうでパーティーの支度をすればいいと言われていたので、何回か着ている綿のワンピースにした。

玲哉さんもオフィススタイルからカジュアルな服に着替えている。

駐車場へ行くものと思っていたのに、彼はレジデンスを出てオフィスビルのエレベーターへと私を案内する。

「オフィスに忘れ物でもしたのですか……？」

「いや、ヘリポートに向かっているんだ」

「え？　ヘリって、ヘリコプター……？」

「それしかないだろう? 渋滞もないし、一時間くらいで着くから」

私の驚きに不思議そうな顔で淡々と口にする。

ヘリコプターなんて乗ったことがなく、旅客機と違うから怖さが先に立つ。

「大丈夫。音は少々うるさいが、快適だと約束する。たかが一時間程度だ」

初対面の際の玲哉さんからは考えられないような、親しみのある笑みと優しい言葉。

お土産といい昨晩一緒に食べた夕食といい、帰国してからの玲哉さんは感じがいい。

この調子なら友人みたいな夫婦になれるかも。

エレベーターは屋上に到着し、ヘリコプターの横に制服を着た男性が立っており、ほかにもスタッフがいる。

ヘリコプターの機体にはエメラルドグリーンのラインと〝KAMIKURA〟とローマ字が書かれてある。

スタッフは私たちのもとへやって来て玲哉さんに頭を下げた後、私たちの荷物を受け取って、機体の後方にのせる。

玲哉さんは私を座席に誘導した。機内はゆったりとしている。

「シートベルトを」

彼は私にシートベルトを着け、そばにあったヘッドホンを頭に装着させた。

乗り込んだ側のドアが外から閉められ、玲哉さんは隣に腰を下ろし、シートベルトとヘッドホンを慣れた所作で着けた。

機体のそばにいた男性がパイロットで、座席に着きスイッチをいくつか押していき、プロペラが回り始めた。

一時間後、長野県《ながのけん》の軽井沢に到着し、そこから迎えの車でホテルへ向かう。

ヘリコプターは思ったより怖くなくて、後半は眼下を見下ろす余裕も出た。

「ここから十分くらいだ」

東京から一時間ほどで軽井沢に来られるなんて、とても贅沢だ。

「はい」

十分後、おしゃれな石造りの外観のホテルのエントランスに車がつけられた。五階建てのようで、横に建物が広がっている。

「ここは神倉グループのホテルで、裏手にゴルフコースがある」

ホテル内から、黒いスーツ姿の初老の男性とスタッフ三人が出てきた。

「いらっしゃいませ。神倉副社長、奥様、お待ちしておりました。皆様はラウンドを終え、お部屋でパーティーの用意をなさっているかと」

「妻の優羽です。今日は過ごしやすい曇天なので、コースを回るのも快適だったでしょう」

玲哉さんは私を紹介し、初老の支配人自ら部屋に案内してくれる。

そうだ……夫婦だから同じ部屋に……。

エレベーターに乗り込み五階で降り、部屋に向かう廊下を歩きながら、心臓が不規則にドキドキ暴れてくる。

玲哉さんは支配人と話をしながら足を運んでいる。

「こちらでございます。ご両親様は三階でございます」

「ありがとうございます」

支配人が部屋のドアを開け、玲哉さんに促されて私から中へ進む。

ヨーロッパのインテリアの部屋は素敵で、ここにふたりで泊まることは一瞬頭から離れ、室内に目を奪われた。

「素敵なインテリアですね」

「君はこういったヨーロピアンスタイルが好きなのか？」

「好きというか、見るだけでうっとりします」

ソファは白地に大きな花柄で、ブラウンのカーテンのタッセルもフリンジがあって上品だ。

雑誌で見るくらいだったので、間近で見られてうれしい。

「それなら自宅のインテリアを変えるといい。任せる」

「え？　それはしなくてもかまいません」

「暇つぶしにいいだろう。後日知り合いのインテリアデザイナーを紹介する」

たしかに今の私は三重に帰って片づけをする以外、暇を持てあましている。

「パーティーは六時からだ。支度をしよう。そっちにパウダールームがある」

「はい」

入口にあるバゲージラックに荷物を取りに行く。

そこでこの部屋に玲哉さんとふたりきりだと再度認識して、再び心臓が暴れだす。

部屋は広いものの、ベッドがひとつしかないようだ。

言われた方向へ足を運ぶとドアがいくつかあって、そのうちのひとつを開けてみる。

そこがパウダールームだった。

今はベッドについて悩むより、これからのパーティーで義両親に会うことが最優先。

ガーメントバッグから昨日選んだアッシュピンクのワンピースを手にして着替え、バッグからコスメポーチを出した。

メイクをして髪はハーフアップにしてバレッタで留め、お土産の時計をつけて最後にエンゲージリングを重ね付けする。

招待客はセレブに違いなく、玲哉さんの妻として見劣りしないように、このふたつを身に着けることで少し自信がつく。

ベージュのストラップがついたヒールを履いてから鏡で確認し、パウダールームを後にした。

部屋に戻ると、玲哉さんはソファで脚を組んで座りタブレットを見ていた。

黒の少し光沢のあるスーツで、細身の真紅のネクタイを身に着けている。

そんな姿にドクッと鼓動が跳ねる。

私ったら……玲哉さんの姿がただ単に素敵だからよ。きっと紀伊が見てもそうなると思う。

「用意は済んだか？」

タブレットに目を落としていた玲哉さんが顔を上げて、突として目と目が合い、またも心臓を跳ねさせてしまった。

一瞬、玲哉さんの動きも止まったので、気に入らなかったのかと困惑する。

「……はい。これで大丈夫でしょうか？」

だめ出しされたら、白のパンツスーツにしようか……と考える。

「問題ない」

彼はセンターテーブルの上にタブレットを置き、ソファから立ち上がって私の前へ立つ。

「だが、少し足りないな」

「え？　足り……ない……？」

思いあたらず困ったと眉根を寄せたとき、玲哉さんはセンターテーブルの上から小ぶりの箱を手にして私に差し出す。

「ネックレスとイヤリングだ。それくらい身につけなければ俺が妻のために考えろと、母から注意される」

「気づかずに申し訳ありません。つけてきます」

エンゲージリングと時計で準備万端だと思っていた自分が恥ずかしい。

もう一度パウダールームに戻り、渡された箱を開けて目を見張る。

ダイヤモンドが連なったネックレスと、イヤリングは四つのダイヤモンドが下にいくほど大きくぶら下がるタイプのものだ。

玲哉さんの見立てなら本物のはず。

ネックレスをつけてから、イヤリングを手に取る。

イヤリングは落としそうで怖くて、必要以上に強く耳たぶに留めることにした。

これで彼の求める妻になれただろうか……。

パーティーは一階のバンケットホールで行われるとのことで、開場の十分前に下りると、玲哉さんのご両親が先に来ていた。

会場に姿を見せた私たちのもとへ、笑顔の男女が近づいてくる。とても美しい壮年の女性と恰幅《かっぷく》のいい男性に会釈する。

男性はグレイヘアが日に焼けた肌と合い、ダンディな雰囲気だ。

「父さん、母さん、優羽です」

ふいに私の肩に腕を回した彼が紹介する。

「優羽と申します。ご挨拶が遅れまして申し訳ございません」

「素敵なお嬢様だこと。ねえ、あなた。私は玲哉さんの母よ。よろしくね」

「あんなに縁談を断っていた玲哉が突然結婚すると聞いたときは驚いてね。お会いして納得しましたよ」

玲哉さんのご両親は私にとても好意的で、ホッと肩の力が抜けていく。

「いいのよ。私たちは玲哉さんが結婚しただけでうれしいの。息子は忙しくて、いつになったら結婚してくれるのかやきもきしていたのよ」

「妻になるのは誰でもいいというわけにはいかないですからね」

玲哉さんは私へ視線を落として笑みを向ける。

演技なのに、心地よさを感じる。

「パーティー楽しんでいってね。参加者の皆さんは玲哉さんの結婚相手に興味津々だと思うけど、気にしないで」

そうだろうとは思っていた。

「ありがとうございます」

「では、またゆっくり。お客様が来たようだ」

お義父様が私たちに断り、お義母様を連れて入口へ向かった。

心配だった初顔合わせが無事に終わって気が抜けるところだけれど、お義母様から『玲哉さんの結婚相手に興味津々』だと言われたので、もっと気を引きしめないと。

パーティーは立食式で、ウエイターが会場入りしたお客様に飲み物を渡している。

「お飲み物をどうぞ」

私たちのところにも別のウエイターがやって来て、トレイにのった飲み物をわかりやすいように見せる。

「シャンパンでいい？」

お酒を飲んで粗相をしたら大変だからアルコールは避けたいが、昨晩飲んでいるところを見られている手前、雰囲気を壊さないように嫌とは言えない。軽くうなずく私に、玲哉さんは美しい黄金色の液体が入ったフルートグラスを渡してくれる。

「ありがとうございます」

そうしている間にもどんどんお客様が増えていく。年齢はさまざまで、たいていが男女のカップルのように見受けられる。

「玲哉君、来ていたのか」

細身の壮年の口ひげをはやした男性が女性を伴い、玲哉さんに声をかける。

「ドクター、今年も参加されたんですね」

「ああ。ご両親主催のゴルフコンペは楽しいからな。息抜きになったよ。それよりも結婚したと聞いた。おめでとう」

「ええ。妻の優羽です。ドクター・新條《しんじょう》は神倉家の主治医なんだ」

玲哉さんの紹介に、笑顔で挨拶する。

「優羽です。どうぞよろしくお願いします」

「かわいらしい女性だ。玲哉君をよろしく頼みますよ。仕事ばかりで体を壊しかねないと思っていたのでね。乾杯しましょう」

ドクターと一緒にいるのは奥様で、ふたりもシャンパンをウエイターから受け取り四人で乾杯する。

飲まないわけにはいかないので、ひと口飲む。

少しくらい飲んでフワフワしたら、今夜彼が隣に寝るのも気にならなくなるかもしれない。

とはいえ、具合が悪くなったらと思うと冒険もできないし……。

普段口数が少ない玲哉さんは、本当は違うのか、いろいろな人と会話をし社交性を発揮している。

お義母様の言った通り、頻繁に視線を感じる。神倉家の嫁、そして玲哉さんの妻としてふさわしいのか見られているのだろう。

実際「玲哉さんは意外な女性を妻にしたのね」や「彼ならもっと才色兼備の女性を妻にできたのに」など、私の耳にも届く声が聞こえてきた。

その言葉には私が誰よりもうなずける。彼なら容姿も美しく何事も完璧にこなす女性と結婚できたのにと思う。

「美羽？　美羽！　あなたが玲哉さんの妻だなんて！」

玲哉さんが男性と話をしているので少し離れたところにいると、私と同年代くらいの女性に声をかけられた。

黒のノースリーブのジャケットとパンツスタイルのセットアップで、かなり高価なアクセサリーを身に着けている。

肩甲骨くらいのブラウンの髪を緩く巻いた、綺麗な人だ。

「美羽、人妻になったから、清楚系にチェンジしたの？　もー、結婚したなら連絡ちょうだいよ」

否定する前に、女性は次から次へと畳みかける。

「あ、あの。美羽じゃないんです。妹の優羽です」

「え……？　妹？　あ！　三重に――」

「ええっと、飲み物はいかがですか？」

女性の言葉を遮り、一メートルほど離れたところにいるウエイターのところへ女性を連れていく。

パーティー参加者に、姉に代わって自分が結婚したと知られたらなにか勘繰られてしまうかも……。

女性が赤ワインの入ったグラスをもらい、私はミントの葉が浮かんでいるソフトドリンクのグラスを手にする。

「姉のご友人なんですね」

三重に妹がいるのを知っているのなら、仲良しなのではないだろうか。

「ええ。梶原世那《かじわらせな》よ。美羽とはフランスで知り合って、日本に戻ってきてからもときどき会う仲なの。美羽にはフランス人の恋人がいるのに、玲哉さんの妻になったのかと驚いたわ」

「姉は今フランスにいます」

梶原さんは赤ワインのグラスに口をつけ、私は先ほど肝を冷やしたおかげで喉がからからで、ソフトドリンクをゴクゴク飲む。

ミントが爽やかで……。飲んだことのないソフトドリンクだ。そう思った次の瞬間、胃がかぁっと焼けるように熱くなり、当惑する。

今飲んだのって……もしかしてカクテル？

いっきに体が気だるくなっていく。

「それにしても、さすが一卵性双生児ね。そっくりだわ。だけど、雰囲気は違うわね」

「す、すみません。ちょっと失礼します」

近くのテーブルにグラスを置く。

「あら？　大丈夫？　青ざめているわ」

梶原さんが心配そうに私を覗き込む。

「だい、大丈夫です……」

梶原さんから離れて少し休もうと会場の外へ向かいかけたとき、ふいに腰に腕が回った。

「優羽、気分が悪いのか？」

玲哉さんだった。

「少しだけ、です……」

「部屋へ戻ろう」

彼はバンケットホールの中では腕を腰に回して支えてくれ、廊下へ出ると驚くことに私を横抱きにして歩き始める。

「れ、玲哉さんっ、人に見られます。おろ――」

「ひとりで歩けないだろう？　恥ずかしければ目を閉じていればいい」

恥ずかしくてたまらないが、目の前がくるくる回っているので、玲哉さんに頼るしかない。

部屋に着くまで永遠とも思える時間が経ったように思えたが、実際はバンケットホールから五分もかからない。

リビングスペースにあるソファに下ろされ、彼が水を持ってきて手渡されて飲む。

なんて失態……。まだ酔った感覚は治まっていない。

玲哉さんが笑われるような恥をさらしてしまい、怒っているだろう。彼が私をお姫さま抱っこして部屋へ連れてきたのは、一刻も早く立ち去りたかったからに違いない。

とにかく真摯に謝ろう。

「玲哉さん、申し訳ありませんでした」

彼の前で頭を下げる。その途端にクラクラした。

「もっと水を飲んで」

その声はやわらかく聞こえた。

玲哉さんは肘あてに腰を掛けていたが、ジャケットを脱ぐと背もたれに置いてソファに座る。

「はい……」

飲み干す勢いで喉に流し込むと、人心地ついた。

「アルコールに弱いのかとうすうす感づいていたが。すまない。緊張が和らげばと思いさっきはシャンパンを勧めたが、渡すべきじゃなかった」

昨晩から私がお酒に弱いことをうすうす……。

「シャンパンのせいじゃないんです。ソフトドリンクだと思って飲んだのがカクテルで。ミントの葉が入って涼しげだったので」

「モヒートか」

モヒートというんだ。

「私の方こそすみませんでした。大事なパーティーで酔っぱらってしまうなんて、お義父様やお義母様、玲哉さんに恥をかかせてしまい、嫁としてあるまじきことを……」

「あれは酔っぱらっているんじゃなく具合が悪いというんだ。数人は君の様子を見たかもしれないが、両親は気づいていないだろう。アルコールを受けつけない体質の人もいる。俺はなんとも思っていない」

落ち込んでいたから優しい言葉をかけられると、うれしくて泣きそうだ。潤み始める目を見られたくなくて、もう一度グラスを手にして飲んでから口を開く。

「ビールをグラスで半分くらいならふわふわする程度なんです」

「モヒートのアルコール度数はビールよりも十パーセント近く高いからな」

「勉強します」

これからはいろいろ調べて勉強しなければと心に留める。

「一緒にいた女性は？　たしか『梶原建設《かじわらけんせつ》』の令嬢だと記憶しているが」

「私を美羽と間違えて話しかけられたんです。それより玲哉さんはパーティーへ戻ってください。私は申し訳なくて心苦しいのですが、ここにいます」

「とりあえず知り合いとは挨拶を済ませたから行かなくても問題ない。明日の朝は両親と食事をすることになっている。君は先に休むといい。湯に浸かるのは危ないからシャワーだけにしておくんだ」

時刻は二十時を回ったところだが、まだ全回復しているわけじゃなく、そう言ってもらえるのがありがたい。

「はい。ではお先にシャワーを使わせていただきます」

「ああ」

玲哉さんはネクタイの結び目に指をかけて、少し揺らしてはずしている。その姿に男の色香を感じてしまい、視線を逸らして立ち上がった。

シャワーを浴びて部屋に戻ると、玲哉さんはプレジデントデスクでノートパソコンを前に難しい顔をしていた。

きっと仕事よね……ここへ来てまでも離れられないなんて、相当な忙しさだ。

「冷蔵庫に飲み物が入っている」

パソコンの画面に集中しているのかと思いきや、私に気づいていたことにびっくりする。

「はい。いただきます」

冷蔵庫がありそうな場所へ歩を進めて、目で探す。

どこにあるの？

ポットの下の引き出しを開けたりしていると、背後からおかしそうな笑い声が聞こえてくる。

「ここだ」

玲哉さんは私が探していたポットの下ではなく、その横の天然木の開き戸に手をかけた。

「あ……ありがとうございます。お仕事の邪魔をしてすみません」

彼はなにも言わずにプレジデントデスクへ戻っていく。

笑ったと思ったのに、空耳？　ううん、絶対笑っていたわ。

冷蔵庫から炭酸水のペットボトルを取り出して「おやすみなさい」と声をかけ、ソファ向こうのキングサイズのベッドへと足を運ぶ。

どっち側に寝たらいいんだろう……。

ヘリコプターの座席は左側、エスコートの時も左側だった。だからといって関係ないと思うが、ベッドの右側の端に座り炭酸水を飲む。

ベッドがひとつしかないのに、玲哉さんは至極あたり前のようになにも言わないし、私も恐怖感はない。私の体調が悪いのだから、体の関係を迫られるなんてないと思っているからだ。

アルコールにより体が重くてあまりいい気分でもないので、早く横になりたい。

シャワーから出て部屋に戻った時点で、先ほどのポット近くの電気以外は薄暗く落とされ、ベッドの両サイドとプレジデントデスクのライトしかついていなかったので、私側のライトを消せばすぐに眠れそうだ。

玲哉さんが離れたところにいるうちに寝なければ。起きているときに隣に来たとしたら、緊張してしまい眠くても眠れない。

いびきをかいたり、寝相が悪かったりしませんように。

もうひと口炭酸水を飲んでから、広いベッドの端に横になった。

翌朝、目を覚ましたとき、玲哉さんは隣にいなかった。体を起こして見ると、プレジデントデスクでノートパソコンを見ていた。

今の時刻は六時。いつから起きていたんだろう、もしかして寝ていないとか……？

隣へもう一度顔を向けると、薄がけのお布団にしわがあったので眠ったのだろう。まったく気づかなかった……。

私はぐっすり正体なく眠っていたようで、昨晩のアルコールの影響もなくスッキリした気分になっている。

せっかく緑が美しい軽井沢に来ているのだから、朝食前に辺りを散歩してこようかな。軽井沢に来たのは初めてだ。そもそもほとんど旅行をしたことがない。

ベッドから降りて、パウダールームへと歩を進めた。

歯磨きや洗顔を済ませ、レモン色のIラインのワンピースに着替える。

ノースリーブなので、その色よりももう少し濃い半袖のカーディガンを羽織り、パウダールームを後にする。

プレジデントデスクの前に立つと、玲哉さんが顔を上げる。

「おはようございます。朝食前にお散歩してきてもいいでしょうか？」

「おはよう。朝食は七時三十分だ。まだ時間はあるからかまわないが……俺も一緒に行く」

「え？　お仕事があるのでは……？」

玲哉さんが椅子から立ち上がる。

彼は白いポロシャツとグレーのスリムなチノパンを身に着けている。

「新婚なのに旅行先で一緒に行動しないのはおかしいだろう？　コンペ参加者が散歩しているかもしれない」

「お仕事があるのなら、私はお散歩しなくてもいいです。ここにいます」

「いや、気分転換に散歩もいいだろう。東京と違って空気がいいし。行こう」

玲哉さんはデスクの上に置いてあったカードキーを持つと、ドアへ向かった。


八月末の東京はまだまだ蒸し暑いが、スッキリ晴れている軽井沢は秋めいた風が爽やかで気持ちいい。

まさか玲哉さんと一緒に散歩をするなんて想像していなかった。

ご両親にはあれこれ勘ぐられたり言われたりしないように、お見合いだけど好きになって結婚したと話しているみたいで、それを踏まえたらふたりで散歩した方が真実味を出せるだろう。

ただし玲哉さんは話しかけてこないので、私もなにを話せばいいのかわからなくて、遊歩道の両脇にある黄色い花を咲かせるオミナエシ、自生しているコオニユリなどを見ながら歩く。

花といえば……。

「玲哉さんの好きな花はバラですよね?」

「……ああ。バラには思い出があるんだ」

「家にあるバラを大事にしているようだったので、きっと大切な思い出なんですね」

「そんなところだ」

せっかく話を切り出したのにそっけなく終わってしまい、心の中でため息をつく。

出会った頃より少しだけ近づけたのかと思ったけれど、また一線引かれた感が否めない。

いつも仕事ばかりの玲哉さんが大事にしているのは、どんな思い出……?

途中、コンペ参加者で玲哉さんの知り合いのご夫婦に会い、雑談をしているうちに部屋に戻る時間がなくなり、そのままレストランへ向かった。

「玲哉さん、優羽さん」

レストランへ入ろうとしたところで、背後からお義母様の声がして振り返る。

「おはようございます」

お義母様と隣に立つお義父様のおふたりの顔を見て、頭を下げる。

「おはよう、優羽さん。外からいらしたのかしら？」

「はい。清々しい気候で、とても気持ちがよかったです」

レストランのテラス席に案内されながら話をするが、嫁としての答えはこれでよかったのか気になる。

早くレストランに来て待っていた方がよかったのか……。

「都会に暮らしていると、こんな朝もいいものね」

「優羽」

玲哉さんが椅子を引いて私に座るよう促す。

「ありがとうございます」

にっこり笑って彼が引いてくれた椅子に腰を下ろし、玲哉さんも隣に座る。

私の対面にお義母様、玲哉さんの前にお義父様だ。

神倉家がこのホテルへ滞在するときは決まった朝食メニューがあるようで、なにも頼まずともサラダやフルーツの盛り合わせ、数種類のパンなどが運ばれてきた。

メインはホテルのトップシェフがじきじきに焼いたオムレツと自家製ソーセージだそうで、少し遅れて熱々で届けられる。

ふわふわのオムレツは今まで食べたこともないくらいのおいしさで驚く。

「最高においしいオムレツですね」

「優羽さん、わかったかね。私たちはシェフの料理に惚れ込んでいてね。頻繁に来るんだよ。玲哉、優羽さんも気に入ったようだ。ときどき連れてきてあげなさい」

「そうですね。優羽、来たくなったときには言ってくれ」

玲哉さんは私に微笑む。

演技だとわかっているのに、微笑みを浮かべる美麗な顔にドキッと心臓が跳ね、その顔に見入ってしまいそうになる。

「そういえば、昨晩は早く引き上げてしまったのね。玲哉さんとお話をしたかったと、何人かに言われたわ」

お義母様の言葉は少し責めた口調のように聞こえたので、やはり頑としてパーティーに戻ってもらえばよかったと自己嫌悪する。

「新婚なんですから、賑やかなパーティーより部屋でふたりきりの方がいいでしょう」

露骨な言葉に、顔に熱が帯びてくる。

「それはそうだな」

お義父様は「ハッハッハ」と、日に焼けた顔をほころばせた。


軽井沢から戻り一週間が経った。

相変わらず玲哉さんは朝から日付が変わる時間まで仕事三昧《ざんまい》で、挨拶程度の会話くらいで毎日が過ぎていく。

私はガーデンデザイナーの勉強をしたり、散歩がてら都内の有名な庭園を見に行ったりと、のんびりしているのが申し訳ないほどゆったりと過ごしている。

こんな生活では、彼に肩代わりしてもらった父の借金をお返しするなんてものすごく遠い将来になってしまう。一生かけても返せないかもしれない。

そんな憂慮が常に頭の隅にあるけれど、日々の生活においてはロンがいてくれるおかげで寂しくないし、会話にも困らない。なにか話したくなったら、ロンが首をかしげて聞いてくれるから。

そんな折り、玲哉さんの海外出張が明日の月曜日から入り、私も明日の夜から三重の家へ向かうことに決めた。

彼の出張期間は一週間だという。

三重に到着するのは火曜日の朝で、今回は紀伊の休みに合わせて会えたらいいなと思っている。

紀伊の用事がないといいんだけれど……。

出張の日の朝、見送るために玄関へ向かう玲哉さんの後を追う。

「今日から出張ですね。気をつけていってらっしゃいませ」

「ああ。行ってくる」

黒革靴を履いた彼は振り返り、廊下に置いたキャリーケースを手にする。ビジネスバッグはキャリーケースの上にのっている。

「あの、玲哉さん、お留守の間友人と旅行へ行ってきてもいいでしょうか？」

前回は実家へ行くと伝えたので、今回は別の理由にした。紀伊と会うのだから、必ずしも嘘ではない。

紀伊には連絡済みで、水曜日の夜から泊まりに来てくれることになっている。店が定休日の木曜日は夜に彼氏と会う約束をしているそうなので、昼過ぎまで家の片づけを手伝ってもらう予定だ。

私もいくら玲哉さんが出張だからといって、あまり長く三重に滞在しているのもよくない気がして、金曜日の夜のバスで東京へ戻ることにしている。

「友人？」

玲哉さんの表情は少し訝《いぶか》しげに見える。

「はい。高校までずっと一緒だった友人です」

「かまわない。じゃ」

玲哉さんはキャリーケースとともに颯爽とした足取りで去っていき、パタッと玄関のドアが閉まる。

いい顔をしていない気がしたけれど、了承してくれたのでよかった。でも、玲哉さんの出張のたびに泊まりで出かけていたら、不審に思われるかもしれない。好きなことをしていいとは言われているが、さっきの表情が気になる。

「今回で片づけは終わるようがんばろう」

三重には紀伊がいるから頻繁に行きたいが、片づけを終えたら地元の父の友人が営む『鎌田不動産《かまたふどうさん》』の佳久《よしひさ》さんに依頼して家と土地の売却の手続きをしてもらおう。

次に三重を訪れるのは買主が決まった契約のときにしたい。ただし、売れるのか不安ではある。

父の借金を肩代わりしてくれた玲哉さんに返済するためになにができるかを考えた

結果、土地を手放すしか方法はないと結論づけた。父が大事に守ったところを売ってしまうのは心が痛むけれど、ほかに方法はない。

松田さんに戻りは土曜日の朝になると伝えて留守中のことを頼み、その夜高速バスに乗った。

いつも通りの早朝五十鈴川駅に到着し、電車で自宅のある最寄り駅へ向かった。

「優羽～」

水曜日の夜。玄関のドアを開けた瞬時、両手に荷物を持った紀伊が飛び込んできた。

「すごい荷物ね。入って入って」

「そうなの。どんどん増えていって。ケーキとか、沖縄のお土産とか、もちろん着替えもね。あ、あと優羽と子どもの頃にやったボードゲームもやりたくなって持ってきたの」

「紀伊のケーキ、久しぶり。ありがとう」

ケーキの入っているショッパーバッグを受け取り、冷蔵庫に入れに行く。

「今日も夕食作ってくれてありがとう。もしかして手巻き寿司？」

「うん。夕方スーパーへ行ったらおいしそうなお刺身があったから、食べたくなって」

「すっごくおなか空いているの。たくさん食べるからね」

紀伊は洗面所へ手を洗いに行き、すぐに戻ってきて座布団に座る。

あら汁をお椀によそいトレイにのせて紀伊のもとに戻り、対面に腰を下ろした。

「食べよう」

「いただきまーす」

紀伊は両手を合わせてからあら汁をひと口飲んで、「すごく出汁が出てる。おいし〜い」と喜んでくれる。

「優羽、今回も旦那様は出張？」

「そうなの。月の半分くらいは海外に行ってる」

四角に切った海苔を一枚手に取り、酢飯をのせていると紀伊が身を乗り出す。

「仕事は本当なんだろうけどさ、愛人が滞在先にいるんじゃないかって考えたりしない？　そんなに頻繁に行かれたら不安じゃない？」

「え？　考えたこともなかったわ。出張のおかげでここに来られるんだし。そもそも私たちは愛し合って結婚したわけじゃないもの」

今はもう紀伊にはすべて話しているから、彼女はなぜ体裁だけの妻を玲哉さんが欲しかったのか、今でも不思議に思っている。

「そうだけど、一緒に生活するうちに愛が芽生えてもおかしくないかなって。仕事もできて見目麗《みめうるわ》しいんだから、周りが放っておかないと思うの」

愛人か……まったく思い浮かばなかったな。でも愛人がいるなら、結婚して一カ月以上が経つのに体の関係を求めてこないのも当然だろう。

「ま、いいよ。私はいろいろな条件が合致したから結婚したまでだし。ね、それより、だいぶ片づいたの。あとは私の部屋とここととキッチンだけ」

「私は優羽が幸せになることをいつも願っているよ」

紀伊は笑みを浮かべてから続ける。

「片づけがんばったね。明日は私もたくさん動くよ」

「うん。ありがとう。紀伊がいなかったらまだまだ目処《めど》が立たなかったわ」

たくさん用意したお刺身と二合の酢飯を平らげ、東京と沖縄のお土産の交換をしつつ、ボードゲームをしながら旅行の話を聞いたりして、久しぶりに紀伊とたっぷり話をして楽しんだ夜だった。

金曜日の昼過ぎ、捨てられない荷物の手配を済ませ、軽トラックで父の友人だった鎌田不動産へと向かう。

絶対に処分できない荷物は母の家で預かってもらえることになっている。だいぶ厳選したので段ボール箱五箱ほどになり、宅配業者の手続きを済ませてある。

鎌田不動産の建物の前の駐車場に止めて、軽トラックから降りる。

「え……」

入口のガラス窓に【本日都合によりお休みいたします。明日土曜日は十時から営業します】と紙が貼られていた。

明日……。

こっちに来る前、佳久さんに会えるか柏原のおじさんに連絡して聞いたら、金曜日は定休日じゃないし大丈夫だろうと言っていた。自分で直接電話して確認しておくんだった。

夜の高速バスで東京に帰る予定だったが、土地売却の手続きは早めにしておきたい。今夜帰るのをやめて明日名古屋から新幹線で帰ろう。月曜日に玲哉さんは帰国するから、それまでには余裕を持って自宅に戻れるし。

そう決めて、再び軽トラックに乗車した。

この車も処分することになるが、売ったとしても微々たる金額だろう。紀伊に頼んでいるから安心ではある。

後で松田さんに、明日の帰宅が朝から夜になると連絡をしておこう。

夕方、かつて父と私が汗だくになって仕事をしたハウスへ足を運ぶ。もうすぐここを見られなくなると思ったら、ゆっくり見て回りたくなったのだ。

バラの鉢を置く台も一緒に譲渡したので、ただ草が生い茂るだけになっていた。

引き取ってもらった鉢が元気になっているといいな。

譲渡先のバラ園は規模が大きく作業人も多いため、目が行き届くはずだから大丈夫だと思っている。

ぐるりとハウス内を見回して、奥の方にある赤いなにかが目に入り近づくと、地面からバラが生えていた。白い花びらが赤く縁取られた色合いでとても華やかだ。

「これは……ジュビレ・デュ・プリンス・ドゥ・モナコだわ」

あと数日もすれば枯れてしまうと思われる美しいバラに笑みが漏れる。

この時期には終わっているバラだが、遅咲きになってしまったのだろう。

丈は三十センチほどで、二輪咲いていて葉も元気だ。

これはお父さんが築き上げたバラ園の唯一の証《あかし》。持って帰って大事に育てよう。

いったん作業小屋に戻り、処分後にハウスの近くで見つけた鉢とスコップを手にして、さっきの場所に戻った。

翌日、朝から雨が降っていた。台風が南からやってくる予報で、現在は八丈島《はちじょうじま》近辺だ。駅に電話で確かめたが、計画運休は今のところないとのことで夕方には自宅に到着できる。

気圧のせいか頭痛がして少しだるい。ほとんど休まずに動き回ったから、疲れがたまっているのだろう。東京へ戻ればゆっくり休める。

気力を振り絞り、鎌田不動産へと向かった。

名古屋駅に着いたのは十五時を過ぎていた。十八時には自宅に着ける。

頭痛は薬を飲んでも治まらず、体調はいつになく悪い。

名古屋駅に来るまでの電車は混んでいて座れず、脚も疲れている。

ホームに向かう前に、手に持っているバラの苗を確認する。折れてしまわないよう運ぶのに慎重になっている。

十六時六分発ののぞみに乗った。東京駅到着は十七時四十五分だ。

「ふぅ……」

廊下側の席に座り、ホッとひと息つく。

乗車前に買った温かいお茶をひと口飲む。少し前から寒気を覚えていた。

新幹線が動きだし座席に頭を預けて目を閉じると、鎌田佳久さんの顔が浮かぶ。

父が下の名前で呼ぶほど親しくしていた人でいつも明るいけれど、今日は苦々しい表情だった。

『優羽ちゃん、築年数が古い家だから土地しか価値がない。売却するにあたって、更地にしなければ売れないんだ』

更地にするにはかなりの金額がかかる。どうしたらいいのか……。

母に頼るのは申し訳ない。まだ考える余地はあるだろう。けれど、今は頭痛が治まらなくて熟考できない。

うとうとしていると、アナウンスが聞こえてきて目を開ける。

新幹線は止まっており、隣の女性や周りの乗客がざわざわしている。

「どうしましょう。台風の影響で、天候が回復するまで閉じ込められるなんて」

隣の年配の女性が窓際に座る連れの女性に話していて、状況が把握できた。

いつ動きだすのか目処は立っていないらしい。

玲哉さんの帰国は明後日だからそれまでには余裕をもって戻れるはず。仕方ないと思うしかない。

ガラス窓に雨粒があたり強風が吹いて、車体に揺れを感じる。まだ十六時四十分なのに、外は夜みたいに暗い。

三十分ほど眠れたが頭痛はまだあり、寒気も治まっていなかった。喉も痛いから風邪をひいたみたい。

おでこに手のひらをあてると普段より熱いのがわかった。

新幹線が動いたのは翌朝八時だった。台風は速い速度で、上陸せずに千葉県《ちばけん》沖の太《たい》平洋《へいよう》に逸れていったらしい。

ようやく雨雲も去り、天候が回復している。

東京駅に到着したのは六時を回った頃だった。いつもなら電車で帰るところだが、体がだるくて今日はタクシーに乗ることにした。

十五分後、レジデンスの前につけられ、支払いを済ませて降りる。

ドアのところに立っている警備員に会釈をし、続いてコンシェルジュにも頭を軽く下げてエレベーターホールへ歩を進める。

もうすぐゆっくり休める。

ビニール袋に入ったバラの苗と小さめのキャリーケースがひとつしかなかったが、

それさえ引くのも大儀だ。

エレベーターに乗り込み四十階で降りて、玄関のドアをカードキーでロック解除したところでスマホが着信を知らせ、見てみると佳久さんだった。

《朝早く悪いね。新幹線は大丈夫だったか？》

「はい。昨日はありがとうございました」

立ち往生していたことは話さなくてもいいだろう。それよりも早く横になりたい。

電話の内容は、更地にする処分業者をあたってみようかという提案だった。

「佳久さんだけが頼りです」

《ああ、なるべく安く済む方向であたってみるよ》

「また行きますね」

スマホをポケットにしまい、ドアを開けようとしたところへ「優羽」と背後から玲哉さんの声がして肩が跳ねる。

「お、おかえりなさいませ。お帰りは明日だと思っていました」

「急な変更があって一日早まったんだ」

「も、申し訳ありません。帰宅時に出迎えられなくて……名古屋から新幹線に乗ったのですが、台風の影響で止まってしまい……」

玲哉さんが先に玄関を入っていき、私も後に続きスリッパを履いてリビングルームへ歩を進める。

玲哉さんの機嫌が悪いのは、私がちゃんと出迎えられなかったから……？

「はっきりさせたい。男がいるのか？」

「え？　そんな人いませんっ」

首を左右に振ると、目眩に襲われてどうしようもなくその場に座り込む。

「優羽？」

玲哉さんは即座にそばへと来て、座り込む私を抱き上げる。

「すみ……ません……風邪をひいたみたいで体調が……」

彼は私をお姫さま抱っこしたまま階段を上がり、私の部屋に連れていってくれた。ベッドに静かに下ろされ、玲哉さんの手のひらが私の額にあてられる。

「熱いな。三十八度以上はありそうだ。医者を呼ぶ。横になっているんだ」

そう言って、彼は部屋を出ていく。

ベッドを離れ、パジャマに着替えてベッドに横になったところで、玲哉さんが濡れたタオルとミネラルウォーターのペットボトルとグラスを持って戻ってきた。

そのタオルで手を拭き、グラスに注がれたミネラルウォーターを飲む。

「ドクター・新條を呼んだ。三十分ほどで来るだろう。それまで寝ているんだ」

軽井沢で会った男性の顔をぼんやり思い出す。

「はい。ご迷惑をおかけしてすみません」

目を開けていられなくて、玲哉さんが部屋を出ていくのを待てずに眠りに落ちた。

五、幼き日に出会っていた彼女（玲哉Side）

優羽はドクターが来ても目覚めなかった。彼女の言った通り、風邪をひいていた。目を覚まさない理由は、熱と疲れからだろうというのがドクターの見解だ。

ドクターの来訪前に新幹線を調べると、優羽の話したことは事実だった。

俺は予定より一日早く帰国でき、優羽はどうしているだろうと思いながら今朝マンションへと戻った。

エレベーターに乗り、四十階で降りた先に優羽が立っていた。朝からどこかへ行っていたのか？と思いながら声をかけようとして、彼女が電話しているのに気づく。

少し待つか先に行くか迷っていたら『はい。昨日はありがとうございました』と聞こえてきた。

『佳久さんだけが頼りです』『また行きますね』

もしかして、ほかに男がいて俺の不在時に会いに行っていたのか……？

ドクター・新條を見送った後、御影石のシューズスペースにバラの苗が置いてあるのに気づいた。優羽が持ち帰ったんだろうか。

ビニール袋をはずして部屋の中へ持っていき、俺が大事に育てているバラの鉢植えの横に置く。

鉢植えの上の部分に黒字で名前が印刷されていた。

「『石川《いしかわ》バラ苗育成農園《なえいくせいのうえん》』……？」

赤い縁取りのバラを見ていたら、思い出がよみがえる。

小学生の頃、三重県志摩市にある神倉ホールディングスの傘下の高級リゾートを訪れたときのこと。

両親は年に何度か各地でパーティーを主催していて、その都度、参加させられることが嫌だったのを覚えている。だがその高級リゾートだけは例外で、ギリシャのサントリーニ島のような青い屋根に白亜の外壁が美しいホテルに、プライベートビーチは海の透明度が高く、そこを訪れるのは好きだった。

何棟かあるヴィラはすべてラグジュアリーで、現在も人気が高く、常に国内ホテルランキングの上位だ。

あれはたしか俺が十歳のときだったと思う。

◇　◇　◇

なんでも手に入るし、大人は俺をかわいくて頭もよくてスポーツ万能だとちやほやする。

恵まれている人生で、すでに世間の嫌な面も見てきたし、無情さも知っている。要するに俺は十歳のくせにかわいくない子どもだった。

将来神倉の人間として歩んでいく道を決められているのは理解しているものの、友達と遊ぶ時間などないくらい習い事の毎日で、楽しいことなどない。

いつものように今日も着せられているタキシードが、息苦しくて仕方ない。

午後から始まったパーティーが退屈で会場を抜け出し、敷地内をあてもなく歩き、しばらくすると、ホテル名物のバラ園に足を踏み入れていた。

ここ一帯に木のように幹が太くて背の高いバラが植えてある。美しいバラを観賞していたら、向こう側から楽しげな若い男女の声が聞こえてきた。

「ね、このバラの枝折ったら怒られちゃうかしら？」

「なにも言われねえよ。俺の親父はホテルの上顧客だからな」

美しい花を愛でることもしないアホな金持ちのボンボンか。

ガサガサと葉の揺れる音がした後、ボキッと枝が折れる音がした。

そのとき「おっちゃだめえー」と、舌足らずな女の子の声がした。

「なんだよ。このガキ」

「いきているんだから、おったらかわいそう」

大人相手にまったく動じていない女の子に興味が湧く。

「ここで咲いていても目に留められないまま枯れていくんだろ。こうした方がバラも喜んでるぜ」

「そんなことないっ！」

「なあに、この子。小さいのにウロウロして。迷子じゃないの？　もういらないわ。行きましょ」

連れの女性の声がして、ふたりが去っていく足音がした。

「ごめんね。いたかったよね」

俺も立ち去ろうとしたが、女の子がバラに謝っているのが聞こえてくる。

俺にはない純粋すぎるものを持つ女の子と話してみたくなって、近づく。

彼女は花を二輪つけた枝を持っていた。

「とげに気をつけて」

「だいじょうぶ。おにいちゃん、やさしいね。ありがとう」

おろかな男女に対抗した女の子は、にっこりと笑顔を俺に向ける。

簡素なTシャツと綿のズボンをはいており、笑うと頬の片側にえくぼができた。

「君は迷子なの？」

迷子で焦っているようには見えなかったが、聞いてみる。フロントへ連れていってもいい。

「おにいちゃんはみたことない、おようふくきてるのね。そのおりぼん、かわいい」

その子は俺の質問には答えず、タキシードの首もとを指さした。

「こんなの息苦しいだけだよ」

女の子はびっくりした様子だが、にこりと笑い、バラを差し出してくる。

「これ、あげる。おうじさまみたいだよ。おはなだいじにしてね」

屈託なく言われ、ハッとする。

この子には俺がタキシードを苦しいと思っていることなんて関係ないのに、やつあたりしてしまった。それにもかかわらず、大事そうに持っていたバラをくれて、俺を励まそうとした？

えくぼが印象的なその子の笑みを見て、ささくれ立っていた心がほぐれていく。

「……俺の質問に答えてないよ。誰と来ているの？　はぐれたんだろう？」

「おとうさんはあっちにいるの。だいじょうぶっ」

女の子はバラ園の奥の方を指さす。

「本当に？」

「うんっ。バラをいいこ、いいこしてるの」

また女の子はニコッと笑みを向ける。

バラをいい子、いい子？

そのとき、少し離れたところから男性の声が聞こえてきた。女の子の名前を呼んでいるようだが、俺の耳にははっきり届かなかった。

「あ、おとうさんがよんでる！　おにいちゃん、ばいばい」

女の子は声がした方へ駆けていった。

俺はその後、バラ園を離れたが、偶然に作業服を着た大柄な男性とあの女の子が手をつないで駐車場へ向かうところを目にした。

女の子は屈託のない笑顔で男性と話をしていた。

それ以来、あのホテルを訪れるとバラ園へ足を運んだが、あの少女と会うことはなかった。

◇◇◇

幼少期の少女との出会いは、大人になった今でもときどき思い出す。

なにが印象深かったのかわからないが、小さいのに俺を励まそうとしていたようだし、きっと澄んだ瞳と片方にできるえくぼの少女が、天使のように見えたのかもしれない。あの笑顔に癒やされた。

神倉家の跡取りとして、幼い頃からさまざまな女性を見てきた。

イギリスの大学を卒業後、神倉ホールディングスに入社してからはたびたび取引先の社長などが娘や孫を引き合わせようとするようになった。次第に俺は結婚に夢を見られなくなっていった。

見合い相手は神倉家の富と立場を手に入れようと、試行錯誤を重ねて誘ってくる。

俺と結婚すれば、世間体がよく一生安泰に贅沢に暮らせるからだ。

そんな女性たちを見てきたせいか、愛よりも仕事優先の結婚観になったのだ。

たび重なる縁談でうんざりしていたが、結婚してもいいと思える女性はいなかった。

両親からはもう三十なのだから結婚して孫を見せてほしいと、顔を合わせるごとに言われていた。

俺はひとりっ子で、後世に神倉家を存続させるには跡継ぎが必要なのは物心がついたときから言われており承知している。

もうそろそろ両親の希望を叶えようかと考えた折り、北森美羽との縁談が舞い込んできた。

えくぼのある美羽を写真で見たとき、あの少女を思い出した。

見合いに嫌気がさしていたが両親の希望を叶えてもいいと考え始めていた俺は、彼女となら会ってもいいと考えた。

そして見合い当日。待ち合わせ時間の直前、北森氏の妻から電話がかかってきた。

驚くことに、美羽には恋人がいるため一卵性双生児の妹を代わりに向かわせたと申し出たのだ。

そんな話があるのかと閉口したが、俺はすでに会場へと到着していたため、会うだけ会ってさっさと帰ろうと割りきった。

そして優羽が現れた。さすが一卵性双生児だ。そっくりとまではいかないが、一度しか会ったことがなければふたりが入れ替わってもわからないレベルで似ている。

俺はこの状況に興味が湧き、その場にやって来た優羽に『笑って』と伝えると、困惑しながらも無理やり笑顔をつくった彼女の右頬にえくぼができた。

結婚に愛はいらないと思っていた。だが彼女の笑顔を見た瞬間、やはりかつて出会った少女の癒やされるような表情が思い浮かんだ。

結婚はあくまで神倉家を後世へとつなぐためのもの、そう思って生きてきた。だが彼女がこの笑顔を向けてくれたら、今より明るい日々にはなるかもしれない。

両親の希望を叶え、必要なときに嫁として振る舞ってくれれば男をつくること以外は自由に過ごせばいいと考え、優羽に伝えた。

彼女が俺と結婚したい理由は、姉と両親の仕事のため。そうは言うが、なにかほかに事情があるのだろう。ただ単に家族のために冷淡な男の妻になりたいだろうとは思えなかったのだ。

結婚したおかげで、見合いなどのわずらわしい時間はなくなり、俺は仕事に集中できるようになった。

優羽が引っ越してきた日、バラに触れようとしたのを注意した際、あのバラ園で出会った女の子を思い出してドキッとした。同じ人物であるはずがないのに。

その動揺を落ち着かせるかのように、俺は最大限普段の自分でいるよう徹し続けた。

優羽は立場をわきまえ、ほとんど顔を合わせなかったが、彼女がロンと遊んでいるときに見た笑顔になぜか胸がざわめいた。

かつて癒やされたあの女の子と同じ優しい空気感と笑顔だ。

それからも何度かロンをかわいがる優羽を見たが、いつしか彼女の笑顔を俺に向けてほしいとさえ思うようになった。

結婚してもなお、出張先もしくは会食などで女に媚《こ》びを売られ辟易していたところ、帰宅時の優羽の優しい空気感と笑顔にほっと和らぐ自分がいた。

シドニーへの出張中、優羽は実家へ行くと申し出た。こちらからの要望をのむ以外は好きにしていいと伝えてあったから、そうしたのだろう。

ずっと家にこもりっきりでは、つまらないのもわかる。どこか切ない表情を浮かべてため息をつくのを見たこともあった。

普段はほとんどの時間を自室で過ごし、一日一時間ほど散歩していると家政婦から聞いている。

軽井沢では、しっかり新妻を演じる優羽に少しずつ惹かれている自分に気づいた。彼女に欲望さえ芽生えていた。

しかし、優羽はアルコールに弱く具合が悪くなり、俺はそんな彼女を傷つけるわけにはいかないとひたすら欲望をひた隠しにして仕事に没頭した。

彼女に惹かれる気持ちは徐々に大きくなっていく。

優羽に触れたいし、キスをしたい。しかし、それには優羽の気持ちを知らなくてはならない。

見合いのとき、時期がきたら君を抱くと宣言して都合のいい妻にさせてしまったせいで、わだかまりをなくしてから本当の夫婦にならなければという思いが高まっていた。

そんな中、俺はまたも出張になり、優羽は友人と旅行へ行きたいと申し出た。優羽への気持ちを自覚している俺は、まさかその友人は男じゃないよな？などと訝しんでしまったが、当初の約束通りわかったと言うしかなかった。

予定より一日早く帰国でき、優羽はどうしているだろうと思いながらマンションへ戻ると、すでに帰宅しているはずの優羽が自宅の前で男と電話していた。

彼女には好きな男がいるのか……？

そう考えると、俺は心に今まで芽生えたことのない嫉妬心を覚えた。

優羽は風邪をひいており、熱が高くふらふらしている。

昨日帰れなかった理由はわかったが、松田さんのメモに月曜日から出かけたとあった。そんなに長い日数、誰とどこにいたのか知りたかった。

だが、今は問うことはやめよう。高熱でつらそうな優羽に元気になってもらわなければ。

今日松田さんは休み。冷蔵庫に綺麗に並ぶ保存容器へ視線を向ける。優羽のために作り置きしていた料理はハンバーグで、もしスープなどがあれば少しは食べられたかもしれないが……。

大人になってからは病気という病気をしたことがなく、幼少期に熱が出たときに食べた料理を思い出す。

「雑炊か……」

三十年生きてきて料理をしたことがないが、今は調べればたいてい困らない。

ポケットからスマホを取り出し、【雑炊　作り方】と検索する。

炊いたご飯はある。これなら簡単だ。

小さめの鍋を探し出し、レシピを見ながらさっそく作り始めた。

雑炊を食べさせたら、薬を飲ませよう。

優羽の様子が心配で部屋へ入ると、彼女は顔をしかめながら寝苦しそうにしていた。

熱が上がったのか？

ベッドに近づき、サイドテーブルに雑炊の椀とグラスとミネラルウォーターのペットボトルののったトレイを置き、彼女の額に手のひらをあてる。

「上がっている。食べてからじゃないと薬を飲ませられないな。優羽、優羽」

名前を呼ぶと彼女は泣きそうな顔で、なにか言う。

「優羽、起きられるか？」

熱でうなされているようだ。

「お父……さん、ごめん……なさい……」

お父さん、ごめんなさい？　なにを言っているんだ？

父親に叱られている夢でも見ているのか。

「優羽、大丈夫か？」

体を軽く揺さぶるが、瞼は開かれない。

「優――」

「パラ……育てられなかったの……家もっ、ごめんなさいっ……」

悲しそうに彼女はしゃくり上げる。

「優羽、起きるんだ」

今度はさっきより強めに揺さぶると、ぼんやりした瞳を長いまつげの下に覗かせた。

それからハッとした表情で、キョロキョロする。

「玲……哉さん……ゴホ、ゴホッ」

「熱が上がっているが、食べないと薬が飲めない。雑炊を作ったんだ」

「ご迷惑を……すみません……」

動揺を隠せない優羽に手を貸して体を起こさせ、背中に枕をいくつか重ねる。

「卵雑炊だ。初めて作ったから味は保証できない」

「ありがとう、ゴホ……ございます。風邪を移してしまうので、行ってください」

俺がいると食べづらいのだろう。

「わかった。後で薬を持ってくる」

「はい……いただきます」

レンゲを手にするのを見てから、部屋を出た。

階段を下りながら、先ほどの優羽のうわ言を思い出す。

『バラ……育てられなかったの……家もっ、ごめんなさいっ……』

なんのことかまったくわからないな。

「ワンッ」

ロンが階段の下で待っていた。

片膝を床につけてロンの頭をわしゃわしゃとなでる。

「お前も心配なんだな。大丈夫だ」

立ち上がりソファに腰を下ろす。ひとつため息を漏らしつつ、背もたれに体を預けて脚を組む。

あれは父親に謝っていた。

「バラと……家……」

どういう意味が？

子どものように謝る優羽の姿に胸が詰まった。なにか抱えているのであれば解決してやりたいが、それは全快してからだな。

食べ終わったと思われた頃、薬を持って優羽の部屋のドアをノックして入室する。

優羽は体を起こし、膝にトレイをのせたままぼうっとしていた。

俺が入ってきたのにも気づかない様子はあきらかにおかしく、心配になる。

ベッドに近づき優羽の肩に手を触れると、彼女はハッとなって俺を見た。

「半分しか食べられないのか？」

「はい……すみません……後でいただきます」

「わかった」

いくつかの薬を優羽の手のひらに置く。

「飲んで。ドクター・新條が診察してくれた」

「ドクター……が、診察を？」

「ああ。気づいていなかったが」

「も、申し訳ありません……」

診察中、目覚めなかったことに動揺しているようだ。

「薬を飲んだら眠るんだ」

水の入ったグラスを渡しトレイを彼女の膝から引き取り、熱さましの冷感ジェルシートを額に貼ってから部屋を後にした。


書斎で仕事をしているが、こんなにも優羽が気になり集中できないとは……。

食事をさせてから三時間が経つ。

昼食はうどんを頼んである。もうそろそろ来るはずだ。

レジデンスではフードデリバリーサービスの配達人は中へ入れず、コンシェルジュが商品を預かり持ってくるようになっている。

容態を確認するために、昼食が来る前に彼女の部屋へ足を運ぶと、彼女は激しい咳をしていた。ジェルシートは剥がれ、額には玉のような汗をかいている。

着替えさせなければ。

再び優羽の肩に手を置いて起こす。

「優羽」

今度は一度でビクッと肩を震わせて瞼を開けた。

「どうだ？　汗をたくさんかいたようだから、着替えないといけない。起き上がれるか？」

「は……い」

「言ってくれれば着替えを持ってくる」

俺はなにを言っているんだ？　そんな世話好きではなかっただろう？

「い、いいえっ。自分で……」

優羽はベッドから床に足をつけて立ち上がるが、その途端ふらついたので支える。

「ごめんなさい……もう、大丈夫です。風邪が移るので……」

俺の手から離れた優羽は、のろのろとした足取りでウォークインクローゼットの方へ向かい、俺は部屋を出た。

夕方、優羽の熱は三十八度のままでなかなか下がらず、夜になると三十九度近くまで上がっていたので再びドクター・新條を呼んだ。

ドクターは年配の看護師を同行させていた。あまり食べられておらず、脱水症状を起こしているようだ。点滴治療のため、看護師が泊まることになった。

翌朝、熱は三十七度八分に下がり、家政婦が来るまで優羽に付き添ってもらい、俺は会社へ向かった。

優羽の熱が完全に引き、ときどき咳が出るくらいになったのは木曜日だった。

その間、いつもの俺らしくなく、朝は家政婦が来てから出社し、十八時過ぎには家に戻り仕事をしていた。

「玲哉さん、ご迷惑をおかけしてしまい申し訳ありませんでした」

昨日まで食事は別々にしていたが、今日は家政婦の作った料理をダイニングテーブルで一緒に食べることになった。

俺がもうそろそろ一緒に食事をしてもいいんじゃないか?と言ったからだ。それまでは風邪を移したくないと、優羽は部屋で過ごし、動けるようになると俺がいないときにダイニングテーブルで食事を済ませていた。

「風邪をひくこともある。謝る必要はない。だが、ドクターがかなり疲れていると言っていた。友人との旅行でそれほど疲れるのだろうかと疑問なんだ」

「……少し無理したようです」

「優羽の体調が回復したらそろそろ子づくりを考えているんだが」

そう口にした瞬間、うつむいていた優羽は驚き顔を上げた。

「なにか異論が？」

優羽の顔を見遣り、多少冷たく聞こえる声色で尋ねる。

彼女の気持ちを確かめてから話を持ちかけるつもりが、旅行の話を避けられ苛立ったのが理由だ。

「……いいえ」

優羽は視線を下げカレイの煮つけに箸を向けたが、再び顔を上げた。

「玲哉さん、差し支えない程度に働きに出てもいいでしょうか？」

思ってもみなかった言葉に、今度は俺があっけにとられた。

「不足してるものがあるのか？　なにかあれば言ってくれれば買い足すが」

それよりも、渡したカードはまったく使われていない。

「不足しているものはありません……わけがあって……」

「そのわけを教えてくれないか？　限度額のないカードでも足りないというのか？」

「働きに出るのに反対なのでしょうか？」

また質問に答えない。優羽はなにか隠している。

「子づくりをすると言っただろう？　妊娠したら働けなくなる」

「それまで働きたいんです」

「優羽、君は俺に言えないことでもあるのか？　うなされたときにお父さんごめんなさいと謝っていた。北森氏に虐待されていたのか？」

「え？　違います！　虐待なんてされていません」

熱に浮かされた彼女の言葉から北森家とのしがらみかとも考えたが、憂慮だったようだ。

「それならいいが。バラを育てられなかったとも。家もと、謝っていた」

「……それは熱で支離滅裂なことを口走っただけです。まったく思いあたりません」

一瞬視線を泳がせた彼女を見て、嘘をついていると確信する。

「君は俺の妻だ。それは今後も変わらない。だから、いい関係を築いていけたらと思っているんだ。君が抱えている問題があるならば、手助けしたい」

「抱えてはいません。平穏に生活させていただいています。ただ……やることもないのは退屈で……働ければと思ったんです」

本当のことを言っているとは思えないが、たしかに退屈なのかもしれない。

「どのようなところで働きたいんだ？」

「コンビニの店員やカフェ……スーパー……求人情報を見ていないのでそんなところでしょうか」

「北森家の娘なのに、やることが庶民じみていないか？」

俺のツッコミに、優羽はまたしても目を泳がせる。

「君が働きに出たと知られたら、俺が甲斐性なしだと思われかねない。目的が金じゃないのなら習い事でもすればいい。渡したカードを自由に使ってくれ」

優羽は困惑した瞳を俺に向けたが、それ以上なにも言わなかった。

六、変わりつつある関係

こんなにひどい風邪をひいたのは高校生以来だった。忙しいお父さんがお粥《かゆ》や食べやすいものを作ってくれたのを思い出した。

玲哉さんも料理をしたことがないのに卵雑炊を作ってくれたことに驚いた。

お昼はたまごうどんをデリバリーで用意してくれたのに、食欲がなくほぼ残してしまった。栄養をつけさせなければといろいろ考えてくれたのに、申し訳ない気持ちでいっぱいだった。

多忙なのに心配をしてくれてうれしかったが、風邪を移してはいけない一心で玲哉さんを避けた。

症状がようやく軽くなって、三重の家の件を考えられるようになった。

家の解体費用は母に借金をお願いして、土地が売れたらそれを玲哉さんと母への返済にあてたい。でもそこまでの価格にならないようにも思うので、一生働いて返済するしかないだろうと結論を出した。

木曜日、久しぶりに玲哉さんと一緒に夕食の席に着き、働きたいと申し出ようとした矢先、彼に疑問を投げかけられてしまい慌てた。

旅行へ行っただけなのにかなり疲弊していたことや、うなされて父に謝り、バラや家のことも口走ってしまったことについて聞かれた。

疲弊したのは家の片づけをすべて終わらせたからで、うわ言はずっと心にあったからだろう。

母の手前本当のことを言うわけにはいかないので働きたいと言うと、またも俺の妻として働きに出るのは許さないと告げられてしまい、困った状況になった。

習い事をしに行っているフリをして働く？　だが、それには罪悪感が否めない。玲哉さんに嘘はつきたくないからだ。

夕食が終わり後片づけをして部屋に戻る前、ロンと少し遊んでサンルームへと歩を進めた。

そこには、私が三重から持ってきたジュビレ・デュ・プリンス・ドゥ・モナコの鉢が並んでいたが、すでに花は散ってなくなっていた。

「あ……」

目に留まったのは、鉢の上に印刷されている【石川バラ苗育成農園】の文字だ。

名前が書いてある鉢に植えたことに気づかなかった。

これを見ても玲哉さんがなにか勘づく要素はないはずだが、文字を隠すように鉢をくるっとうしろにしたとき——。

「優羽」

突然背後から玲哉さんに呼ばれて、ビクッと肩が跳ねる。

動揺から振り返れないのと、うしろから腰に腕が回ったことで驚いて固まる。

「君が持ち帰ったこのバラは美しかった」

頭の上から玲哉さんの凛とした声色。なにか反応しなければと、コクッとうなずく。

「なぜバラを？」

「……旅先で綺麗だなと思ったんです」

「君は名古屋から新幹線に乗ったと言った。旅行先は名古屋だったのか？」

まだ腰に回った腕は離されず、私のドクドクと暴れる心臓の音が伝わってしまいそうだ。

玲哉さんはジッと私を見ているが、嘘がバレたくないから足もとへ視線をはずす。

「名古屋と……伊勢などを……昔その先に住んでいたので、幼なじみがいて彼女と……」

名古屋だけに長く滞在する理由が思いつかず、事実を絡めて口にした。

「伊勢の先？　昔住んでいた？」

玲哉さんの興味を引いてしまったようで、心臓がドクンと跳ねると同時に彼の方に振り向かされる。

「志摩の方か？」

「そこではありませんが……」

養子の件があるので、適当にごまかそうとした。

「神倉の高級リゾートがあるのを知っている？」

父がバラ園の管理をしていた懐かしい場所を言われ、知りすぎるほど知っていると喉まで出かかったがとどめる。

「近くを通ったことがあります」

北森家に養子に入ったのが最近だと知られたくなくて、そっけなく答える。

「そうか……では、今度連れていこう。そこのバラ園は見ごたえがある。そうだな、綺麗に咲く時季は……」

「春バラは五月で――」

つい口にしてしまい、途中で止める。

「そうだった。よく知っているな」

「じょ、常識かと」

「常識か……」

玲哉さんの言葉に含みが感じられ、これ以上郷里の話をすればボロが出かねないと思い、彼の腕から離れる。

気まずい空気が流れた気がした。

「……優羽、君が隠していることを話してくれたらうれしい。俺はいつでも力になる。じゃあ、仕事をするよ。君はゆっくり休むんだ」

ふいに玲哉さんの手が私の髪を優しくなでた。そして彼は階段を上がっていった。

そのうしろ姿を見つつ、隅で丸くなって寝ているロンのそばに座る。

「ロン」

顔だけ上げたロンに抱きつく。

俺はいつでも力になる……。

そんな優しい言葉を言ってくれたら話したくなる。私もいい関係を築きたい。

玲哉さんの腕の中は心地よいと思ってしまった。

彼に愛される生活は幸せな時間になるに違いないが……。

「どうしたらいいの……?」

ロンのつぶらな瞳を見ながら、ポロッと声が出た。

それから数日が経った。

夕方松田さんが帰った後、ロンとリビングルームで遊んでいるところへ、母から電話があった。

「もしもし？」

《優羽、いったいどういうことなのかしら》

「どういうことって……？」

脈絡もなく苛立った声色の母に当惑する。

《知らないのね？　テナント参入が保留になったのよ。優羽、玲哉さんとなにかあったんじゃないの？》

「保留に？　なにかあったかって、なにも……」

そこまで言って、もしかしたら彼が養子縁組の件に気づいたのかと思い、背中に冷や汗が流れた。

《もうすぐ契約だったのよ？　なにもなくて保留になるって、おかしいと思わない？　なぜなのか聞いてほしいの。玲哉さんは知らないのかもしれないわ》

知らない？　彼はすべて確認すると言っていた。だからなにか意図があって保留にしたと考えてしまう。

《優羽、お願い。あなたが頼りなの》

「……聞いてみる」

《ありがとう。連絡を待っているわ》

プツンと通話が切れ、スマホをセンターテーブルに置く。

嫌な予感に心がざわめき、居ても立ってもいられなくなった。

玲哉さんの帰宅を恐れるとともに、話をしなくてはならない緊張感で、ひとりで食べる夕食はほとんど喉を通っていかなかった。

先週は私が病気だったこともあって、彼の帰宅は遅くとも十九時前後だったが、今週からは二十一時くらいになっている。

今は二十一時を回ったところで、部屋でガーデンデザイナーの勉強をしていたが、集中できなくてスケッチブックにイングリッシュガーデンのデザインを描いた。

ただただ木を緑色で塗っていると、階下でロンが「ワンッ」とほえたのが聞こえ、玲哉さんが帰宅したのがわかり椅子から立ち上がった。

部屋を出たところで階段を上がってくる玲哉さんと会う。

「おかえりなさいませ。お疲れさまです」

「ただいま」

「お夕食温めてきます」

「着替えたら行く」

玲哉さんは部屋に入っていき、私は階段を下りてキッチンへ向かった。

いつもと変わらない様子だったけれど……。

母たちとの契約を保留にした理由を聞くなんて、立ち入りすぎだろうか。だけど、テナントに入れてもらうのは約束だったはずだから聞くしかない。母の言う通り、玲哉さんは知らないのかもしれないし。

今夜のメニューは松田さんが朝から煮込んだオリジナルカレーで、二種類のサラダもある。

鍋を温めているうちにスーツからカジュアルな服装に着替えた玲哉さんが現れ、ダイニングテーブルに着く。

すでに二種類のサラダは冷蔵庫から出して、テーブルマットの上に用意済みだ。

深皿に白米と大きめの具がごろごろしているカレールーを注ぎ、ダイニングテーブルへ運ぶ。

食事が終わったら話をするつもりでリビングルームへ行こうとすると、呼び止められる。

「ひとりの食事は味気ない。そこに座ってくれないか」

「……はい」

最初の頃は用件のみというやり取りだったけれど、いつからか彼の言葉や表情に親しみを覚えるようになった。軽井沢が境だった気がする。

あれ以来、ところどころに玲哉さんの優しさが垣間《かいま》見られる。

でも、テナントの件は……？　玲哉さんが決めたことではないと思いたい。

「やりたい習い事はあったか？」

「え？　いいえ。まだ」

それよりも働かなくてはならないと考えている。テナントの件がだめになったら、とてもじゃないが母に借金の申し出ができない。

「優羽の興味のあることは？」

彼は食べ進めながら尋ねる。

ガーデンデザイナーの勉強をもう一度して、その職業に就けたらと思うが、働くことをよしとしない玲哉さんだから口に出せない。

「とくにないんです」

「それなら見つけた方がいい」

「……そうですね」

玲哉さんの食事がそろそろ終わる。母のテナントの件を聞かなければ。

「あの、玲哉さん。お聞きしたいことが」

彼は麦茶のグラスを手にして飲んでから立ち上がる。

「リビングに移動しよう」

私も席を立って、玲哉さんの後を追ってリビングルームへ向かう。

彼はいつものひとり掛けのソファに腰を下ろし、私が斜めに位置する三人掛けのソファに座ると口を開く。

鼓動はドクドク暴れていて、声が震えて聞こえないよう願うばかりだ。

「今日……母から電話があって、テナントの件が保留になったと」

「ああ」

玲哉さんは気だるげに返事をし、鋭い眼差《まなざ》しで私を見遣る。

この様子だと、やはり彼になにか意図があって保留にしたんだ。

結婚する上での約束だったのにと、私も玲哉さんを見つめ視線が絡み合う。

「優羽に正直に話してもらうために保留にした」

「え？　なにを正直に……？」

わからないフリをしたが、本当はわかっている。先日の外泊の件をまだ玲哉さんは知りたがっているのだ。

「そうやって君がとぼけるから、致し方なく保留にしたんだ」

「それとこれとは違うと思います。母たちを巻き込まないでくださいっ！」

すると、玲哉さんはクッと楽しげに頬を緩ませる。

「子猫ちゃんでも牙があるんだな」

「子猫ちゃんじゃありません！」

彼は私が怒っているのを楽しんでいるみたいで、さらに私の中で怒りと困惑が入り乱れる。

「テナントの件を進めてほしければ、隠していることを話すんだ。契約書は俺の部屋にある。話せばすぐにサインしよう」

「今日私が話すとわかっていて持ってきたんですか？」

さすがは神倉ホールディングスの副社長。かなりの策略家だ。隠していることを話す条件で、取引をしようとしている。

テナントに入れなければ母と北森氏はひどくがっかりするだろう。

「結婚するときの約束だったはずです」

「だが、契約書は取り交わしていない。俺にひどいことを言わせないでくれ。一緒に住んでいるうちに、優羽、君に惹かれ始めていたんだ。いや、すでに……」

玲哉さんの告白に言葉を失う。

「君は俺に近づく女たちとはまったく違っていた。一緒に暮らし始めた頃、今思うと俺は無愛想だったよな。礼節にも欠けていた、すまない。それにもかかわらず、常に裏方になって尽くしてくれていたことを知っている」

「妻としてあたり前のことをしていただけです」

「そうだろうが、君の笑顔が癒やしになっていた。心地よかったんだ。だが、俺の出張のたびに実家や旅行へ出かけるのは、本当は恋人がいるからではないかと嫉妬に駆られるようになった」

玲哉さんは自虐的に笑みを漏らし続ける。

「君に会いたくて急いで仕事を終わらせて帰国を早めたのに、君が男と電話をしているところに出くわして、男がいるのかと思わず聞いたんだ。嫉妬心にも駆られ、頭を殴られたみたいにショックを受けた」

「玲哉さんの帰国は月曜日だったので、お戻りになるまでに帰れればと思ったんです」

「俺はそのときに君を愛しているのだと悟ったんだ。だから卑怯な手段を使ってまでも君の抱えていることを知りたかった」

私を愛している……？

「本当に……？　私を……？」

彼は愛のない関係を求めているものだと思っていた。そんな彼が……？

「ああ。優羽を愛している。どんなことでも受けとめる。話してくれないか？」

「……私も玲哉さんに惹かれて、それがしだいに愛に変わって……だからこそ、嫌われたくなくて、話せなくて……胸の内に留めておかなければならないと思ったんです」

「優羽も俺を愛してくれているのか？」

玲哉さんの手が膝の上に置いた手に重なる。重なった手を動かして、彼の長い指の間に指を入れて握る。

「はい。ずっとこうしたかったです」

「俺もだ」

玲哉さんはやわらかい笑みを浮かべ、握り合った手を自分の顔の方へ持っていき、私の手の甲にそっと唇をあてた。

「話してくれないか？　力になりたいんだ」

凛とした眼差しに励まされて、すべてを話そうと心を決める。

「じつは、私は今回のお見合いのために北森と養子縁組したんです。両親が離婚して、美羽は母に引き取られ、私は三重県で父と暮らしていました。バラ苗育成農業に従事していた父は一年前に病気で亡くなり、私が後を継いでバラを育てていました」

「君のお父さんがバラを育てていた……？」

思い過ごしだろうか、玲哉さんがうれしそうに見える。

「はい。でも経営は順調とはいえず、引き継いだ私もふがいなく売り物になるバラを育てることができなくて。父に借金があったことが判明したのとほぼ同時に、母が美羽の代わりにお見合いをしてくれないかと話を持ってきました」

玲哉さんが肩代わりしてくれた借金を返すために土地を売ろうと決めたことも話す。

「玲哉さんが出張の時に出かけていたのは、三重の家の片づけのためでした」

「そうだったのか……だから疲れて」

「はい。何度も玲哉さんの出張のたびに出かけるのもよくないと思って、今回で片づけ終えて地元の不動産屋さんに売却の手続きをしに行ったのですが、更地でなければ売れないらしく、家やハウスを壊す費用がかかることがわかったんです。それで、母に借金をして働いて返そうと思って……」

玲哉さんは「はぁ～」と、重いため息を漏らす。握られた手はまだ離されない。

「大変だったな。いろいろ考えてつらかっただろう」

「父が亡くなってから、休日は一日もないほどがんばっていたけれど、熱中症になったり、葉が病気になったりで心が折れてしまって……。母からのお見合いの提案に悩んだ末、決心したんです」

「優羽」

彼は立ち上がると、私の隣に座り抱きしめる。

「君ががんばっている姿が目に浮かぶ。大変なこともあっただろうと推測すると、胸が痛む」

「父が存命だった頃は、私はガーデンデザイナーになりたくて大阪の専門学校に通い、見習いとして園芸事務所で働いていました。なにも興味がないわけじゃないんです」

すると、玲哉さんは笑う。

「たしかに。なににも興味がないのは不思議だった。ところで、本当に土地を売ってしまっていいのか？　俺に返すためだというならそれは考えなくていい」

祖父と父が大事に守ってきた場所を失うことに内心で抵抗はあるものの、そこは甘えてばかりもいられない。

「お気持ちはうれしいです。でももう決めました。新たな人生を歩むためにも、志摩市の土地は売りたいです」

「わかった。では手続きなどは俺に任せてくれ」

「玲哉さん……ありがとうございます」

彼の広い胸に顔をあてると、安堵感が広がっていく。

「ところで、前に話した神倉のリゾート地へは行ったことはないか？」

「父がバラの手入れを頼まれていたので、行ったことはあります。とても素敵なヴィラがあるのを覚えています」

「小さい頃、そこで生意気な男の子に会ったことはないか？」

「ないですが……その生意気な男の子って、玲哉さん？」

首をかしげて尋ねると、彼は端整な顔に苦笑いを浮かべる。

「そうだ。小さい頃から生意気で達観しているような子どもだった」

「その頃の玲哉さんに会ってみたかったです。あ、もしかしたら、私たちに子どもが生まれたら、玲哉さんに似ているかもしれないですね」

「それはすぐに子づくりをしてもいいってこと？」

熱情を秘めた瞳で見つめられ、顔に熱が集まってくる。

「そ、それが約束でしたし……でも……白状すると、そういうことに不慣れで……幻滅させてしまうかもしれません」

「幻滅？　そんなことは絶対ない」

ふいに顎に長い指が触れ、玲哉さんの顔がゆっくり落ちてきて唇が重ねられてからすぐに離れる。

「見合いのとき以来だな。優羽にこうしてキスをしたいのを我慢していた」

「あのときはびっくりで……でも、今もですが、嫌じゃなくて、もっとキスしてほしいです」

「奥様のリクエストなら、いつでも応えるよ」

玲哉さんは立ち上がると、見上げて彼を見ている私の膝の裏に腕を差し入れ抱き上げた。

「あ、危ないです。下ろしてください。重いですから」

「君が重い？　熱が出たときもこうして連れていっただろう？　落とさないと約束するよ」

「で、でも……」

「恥ずかしいんだな。顔が真っ赤だ」

赤くなってしまい見られるのも居心地が悪くて、玲哉さんの首もとに顔をうずめると、笑い声が聞こえた。

そのまま玲哉さんの部屋に入り、ベッドの端に下ろされる。すでに心臓が痛いくらい暴れている。

「優羽は風呂に入ったんだろう？　俺はシャワーを浴びてくる」

「そ……それまでここに？」

「ああ。本棚を見てもかまわないし、ほかにもこの部屋にあるものに手を触れても問題ない。それとも一緒に入る？」

「え？　い、いいえ。待ってます。あ！　本棚を見させてください」

初めてのことでどうしたらいいのかわからずベッドから床に足をつけると、広い部屋の片隅にある大きな本棚へ近づいた。

彼は私の横に歩を進め頭にポンポンと触れてから、本棚の隣にあるドアを開けて中へ入っていった。

もう……玲哉さんがシャワーを使っている間、ここで待つなんて戸惑う。

大きく深呼吸をして気持ちを落ち着けながら、部屋を見遣る。

私の部屋より広さは少しあるように見える。

ベッドも大きく、おそらくキングサイズ。

ここが玲哉さんの寝室……。

本棚を見て、目を疑う。

「全部英語……？　英語じゃないものもある？」

漢字だけの背表紙もある。もしかしたら、玲哉さんは何か国語も話せる？

自分の夫になった人の才能に驚きを隠せない。

数分、読めるはずのない本を手に取っては戻していたが、これから起こることを考えると脚がへなへなと力をなくし、本棚のところにあるひとり掛けのソファに腰を下ろす。

いつもここで読書をしているのかな……？

座り心地のいいソファだ。でも、自分は落ち着かない。

玲哉さんが私を愛してくれていたなんて……。私の気持ちが変わったのとほぼ同時期だったのかもしれない。

はぁ～どうしよう……。心臓がバクバクしている。

胸の鼓動を落ち着かせようと手をあてたところでドアが開き、濃紺のサテン地のローブを身に着けた玲哉さんが姿を現した。

目と目が合って、ドクンと大きく鼓動が鳴る。

「そんなところで待ってたのか？」

笑って近づいてきて立とうとした私を抱き上げ、ベッドへ連れていく。

今度はベッドの中央に寝かされて組み敷かれる。

「玲哉……さん……私、ちゃんとできるか……」

「そんな心配はいらない。欲望の赴くまま俺に触れればいいし、感じたら乱れればいいんだ」

彼は私の手首を掴むと、内側に唇をあてる。

「いつも思ってた。優羽はバラの香りがすると」

「あ……売れないバラの花びらを引き取ってくれる知り合いがいて、ローズウォーターを作ってくれるので」

手首に玲哉さんの舌を感じ、やんわりと吸われ、体中に電気が走ったみたいになる。

「あ……んっ」

「その知り合いは女性？　男性？」

玲哉さんの長いまつげに縁どられた色素の薄いブラウンの瞳に見つめられて、女性より美しいのではと思った途端、この状況が恥ずかしくなる。

「どうした？　男性なのか？」

「なぜ知りたいのですか？」

こんなに素敵な男性を前に余裕はないのだが、そんなことに固執するのが不思議で尋ねると、玲哉さんは怖いくらいにジッと見つめてから上唇を食《は》む。

「どうしてそんなに無邪気なんだ？　俺を嫉妬させようと煽《あお》っているのか？」

「あ、煽ってるわけじゃ……っ、んっ」

唇を割って玲哉さんの舌がぬるりと私の舌をからめとる。独占欲に満ちた口づけに、呼吸が乱れていく。

男性と触れ合った経験はないのに、玲哉さんにならなんとも思わない。むしろ愛している人にされて喜びを感じている。

「それで、ローズウォーターを作っているのは、男？　女？」

鎖骨の辺りをちゅっと吸われ、こらえようとしていたのに甘い声が漏れる。

「じょ……せいです……っ、あ……」

「よかった。幼なじみも？」

本当に嫉妬しているの？　だとしたら、うれしい。

着ていた部屋着のワンピースの前ボタンがいつの間にかはずされていて、大きな手のひらにブラジャーの上から胸の膨らみが包まれた。

ブラジャー越しなのに、胸の頂《いただき》がジンと痺《しび》れてくる。

「あぁっ、そ、そうです」

ブラジャーのホックがはずされ、窮屈だった胸がふっと解放されホッとしたところへ、膨らみを持ち上げるようにして触れられ、指の腹が尖《とが》りを見せる頂をもてあそぶように動かされる。

もっと触れてほしい。

濃紺のローブの胸もとへ手を差し入れて、なめらかな肌に触れると、玲哉さんから押し殺したような声が漏れる。

「俺たちの相性は最高みたいだ。触れているだけなのに、優羽が欲しくなる」

玲哉さんは私の着ていたものすべてを脱がせ、あますところなく全身に愛撫を施していく。熱い舌先で胸の頂をねぶられ、吸われ、体全体が切ない疼《うず》きを覚える。

快楽の苦しさ、彼によってもたらされどんどんたまっていく熱。どうしたらいいのかわからなくて、玲哉さんを求めた。

彼は私を甘く翻弄し、ときに甘やかし、私は次々と襲ってくる快感の波にのまれていった。

「あの、どうして避妊を……？　妊娠しないと」

甘い時間の後、ようやく呼吸が普通になって玲哉さんの腕の中で見上げて尋ねる。

「まいったな……子づくりは優羽をベッドへ連れていく口実だよ」

「え？　口実？　でも、孫を期待されているって」

「もちろんそうだが、今はまだ優羽を独り占めさせてほしい」

照れたように言って、おでこにキスが落とされる。

「玲哉さん、私……とても幸せです」

「俺もだ。こんなに人を愛せるとは思いもよらなかった」

「出会った頃の玲哉さんはなんというか、掴みどころがありませんでした。いきなり『笑って』だったので、戸惑いました」

そう言うと彼は苦笑いを浮かべて、私の鼻を軽くつまむ。

「結婚しなくてはならないのだとしたら、片側にえくぼのある女性にしたかった」

「えくぼがあるか試したんですね。なぜえくぼがある女性を？」

過去に片側にえくぼのある女性と交際したことがあってなんらかの理由で別れて、想いがまだ残っているのだろうか？

そう考えると、胸が締めつけられるように痛くなる。

「幼少期にある女の子に出会い、俺の心のとげを取り去ってもらったことがあって。えくぼのあるかわいい笑顔だった」

「え？」

思いがけない言葉にキョトンとなる。

「それだけ……？」

「ああ。君のお姉さんの見合い写真は笑っていてえくぼがあったが、見合い当日に会った優羽にもあった」

「じゃあ、えくぼがなかったら、あの場で立ち去られていたってこと？」

「それは神のみぞ知る、だな。第一印象がよかったから、優羽の唇を奪ったんだ」

自虐的な笑みの後、玲哉さんは私の唇に甘く唇を重ねた。

七、憧れのイングリッシュガーデン

翌日、母に連絡をした。

テナントの件は問題なく担当者から連絡がいくそうだと伝えたら、母は安堵したのか『昨日はきついことを言ってごめんなさい。焦ってしまって』と謝られた。

がんばって進めてきたテナント入りが、直前に取り消しになると思ったのだから仕方ない。『私は気にしていないよ』と返したら、ようやく声に明るさが戻ったようだった。

玲哉さんは多忙にもかかわらず、三重の家の解体手続きなどを手配してくれた。

ずっと不安で懸念していたことが払拭《ふっしょく》され、重く肩にのしかかっていたものがなくなり人心地がつけた感じだ。こんな安らかな気持ちは、父が生きていた頃以来かもしれない。

心に余裕ができて、住居近辺もだいたい把握できたので、玲哉さんに断ってときどきロンを外に連れ出すようになった。

彼が大事にしているバラの世話も任されて、綺麗な花が咲くよう毎日手入れをしている。

玲哉さんがそばにいてくれることに一番の幸せを覚えるが、バラの世話をしているときも楽しくて、仕事をしているときは鼻歌なんて出なかったのに、今も気づくとリズムを奏でていた。


十月に入り、過ごしやすい気候になった。

「優羽、旅行へ行こう」

朝食の席で玲哉さんがふいに口にする。

「旅行へ？」

「ハネムーンだ。海外のどこへ行きたい？　君の希望の場所へ連れていく」

「どこでも……？」

海外旅行の経験がなくて、どこへ行きたいのかもわからないが、ふと一度本場のイングリッシュガーデンを訪れてみたかったのを思い出す。

「ああ。どこでもいい」

彼はうなずいてコーヒーカップを手にして飲む。その所作は見惚れるくらい流麗だ。

「イギリスへ行ってみたいです。イングリッシュガーデンを見てみたいです。バラも」

「優羽らしい。ただ、今はバラが咲いていたとしても春のバラよりは少ないだろう」

「そうですね。でも行きたいところがそこしか思い浮かばないので、玲哉さんがよければイギリスへ行ってみたいです」

たとえバラが咲いていなくても、美しいイングリッシュガーデンをこの目で見ることができたら価値のあるものになるだろう。

「わかった。では、スケジュールを調整させる」

そこでハタと気づく。

「あ……私、パスポートを持っていないんです」

「申請から受領までそれほど日数はかからないはずだ」

「よかった。旅行までにイギリスのこと、勉強します」

「優羽は真面目だな」

玲哉さんは麗しく笑みを浮かべるが、私は首を左右に振る。

「初めての海外ですから、まったくわからないことばかりなので。知らなくても景色を見るだけで楽しめると思いますが、その背景を理解していたらもっと楽しいと思うかなと」

イングリッシュガーデンを観に行くところを想像すると、ワクワクしてくる。

ハネムーンは十月中旬に決まった。パスポートは出発日の前日に受領だ。

調べるのに便利だろうと、玲哉さんはノートパソコンをプレゼントしてくれ、便利に使わせてもらっている。

午後、リビングルームのソファでノートパソコンを開き、ハネムーンで行きたいところをまとめていると、視線を感じた。

その方向にはロンがいて、彼はリードをくわえて期待の目で私を見ていた。

「お散歩に行きたいのね」

トコトコと近づいたロンは、私の足もとにリードを置いて「ワンッ」と返事をする。

「本当に、ロンはおりこうね。行こうか」

足もとのリードを拾い、お座りして待つロンの首に装着し、ビニール袋などを入れているお散歩セットの小さなバッグを持って玄関に向かった。

ペットシッターとは別で散歩に連れ出すと、ロンはコンシェルジュや警備員にも人気で、毎回通るたびに声をかけてもらえる。

人通りの少ない道を二十分ほど歩いて、帰宅する。

玄関横のドアの向こうにある足洗い場でロンの足を洗ってから、丁寧に拭いて「O

K！」と声をかける。

ロンは私から離れ自分の場所へ行き、そこにある水を飲んでから満足した様子で寝そべった。


パスポートセンターでパスポートを受領して帰宅し、あらためてえんじ色をした新品のパスポートを眺める。

これがパスポート……。明日、日本を発ってロンドンへ向かう予定だ。初めてのことでワクワクする。

玲哉さんがキャリーケースを買い揃えてくれた。今回の旅行は十日間の予定で、ベビーピンクのキャリーケースが大小ふたつ並んでいる。

ふたつも必要ないと玲哉さんに言ったが、ロンドンは日本より若干寒いと言うので、コートや厚手の服を入れると彼が正しかったことがわかった。さすが月に二回以上は海外出張をする玲哉さんだ。

飛行機などの手配は彼なので、私は行ってみたいところをリストにして渡しただけ。

十八時過ぎ、スマホに紀伊からメッセージが入った。

【軽トラックは一万円で引き取ってもらったわ。今度会ったときに渡すか、送っても

いいんだけど。それと、優羽の家の前へ行ったら、取り壊しにかかったみたいで鋼製板で囲われていたわ】

取り壊し……。

そうしなければならないとわかっているのに、寂しい気持ちに襲われる。

大阪にいた時期を除いて生まれてからずっと住んでいた家だ。数々の思い出が消え去ってしまう……。

空き家のままずっと置いておくわけにはいかないし、借金は少しでも早く返したい。

自分を納得させてから、紀伊への返事を考える。

【軽トラックの件、ありがとう。お金は紀伊の手数料として受け取ってね。家は取り壊しが始まったんだね。これでスッキリするよ】

そう打って送ると、画面が明るくなって紀伊からの着信を知らせる。

「もしもし？　紀伊」

《優羽、私にくれるって、なにを言ってるのよ。借金があるんだから、気にしないでいいの》

「いつも私のためを思ってくれるね。ありがとう。でも本当に、もらってほしいの」

《家の解体だって、お母さんから借金したんでしょう？　もらえないよ》

紀伊はさばさばときっぱりした声で言う。

「お母さんから借金はしていないの。玲哉さんに話して任せることになったの」

《え？　なんか、いい感じに関係が進んでいるの？》

「じつは、うん。そうなの。だから、私の気持ちよ。もらってね。それで、明日の夜からふたりでイギリスに行くの」

《ハネムーン？》

「うん」と答えると、電話の向こうから紀伊の喜ぶ声がする。

《わー、ハネムーンかぁ、優羽はイングリッシュガーデンをいつか見たいって言ってたよね？　最高じゃない》

そこで紀伊が誰かに呼ばれたようで、《楽しんできて！》と言って通話が切れた。

翌日は真夜中の出国のため、玲哉さんは仕事を終わらせてから帰宅し、二十二時頃彼の運転で羽田《はねだ》空港へ向かった。

「私、国内線も乗ったことがなくて。とても楽しみなんです」

「俺も優羽とふたりきりのフライトを楽しみにしている」

「ふたりきりのフライト……？」

「ああ。正確にはクルーがいるからふたりきりではないが、出張のときは秘書の的場、一度顔を合わせたことがあるだろう？　彼とだからおもしろみがない」

前を見ながら玲哉さんは口もとを緩ませる。

彼ならファーストクラスで出張するだろう。パーティションのようなもので座席が仕切られているのをテレビで観たことがある。そのときはひとつの座席で仕切られていたが、二席を仕切られているのがあるってこと？　そこに男性ふたりだったら息苦しさを感じるかもしれない。

彼と的場さんが並んで座るところを想像しておかしくなった。

クスッと笑い声を漏らすと、ハンドルを握る玲哉さんに聞こえたようだ。

「なにがおかしい？」

「おかしいのではなく、楽しいんです」

ごまかして、膝の上のショルダーバッグの上をポンポンと叩いた。

玲哉さんに促されて歩を進めた先に、エメラルドグリーンのラインが入った小型旅客機があった。

以前ヘリコプターにも……。

「え？　もしかして神倉の飛行機……？」

「そう。プライベートジェットだ。おいで、キャプテンとクルーを紹介しよう」

タラップの横にパイロットの服装をした男性がふたりと、ひとりの年配の女性が立っていた。彼女もパイロットに似たパンツスタイルのユニフォーム姿だ。

キャプテンと副操縦士、そして女性はキャビンアテンダントで、玲哉さんは私を紹介し、タラップを上がり機内へ案内する。

この状況に絶句しかない。プライベートジェットだなんて思いもよらなかった……。

機内は白革の座席が十席に、後方に大きなテーブルがあるので、会議や仕事をするスペースなのかも。

ポカンと豪華な機内を見ていると、玲哉さんが私の腰に腕を回してこめかみにキスを落とす。

「どうした？」

「びっくりするあまり、夢じゃないかと思っていたんです。わざと黙っていたんですね？」

「まあ、優羽の驚いた顔を見られておもしろかった。席へ案内する」

ラグジュアリーな座席に座らされると、玲哉さんはシートベルトを装着してくれる。

「離陸まで十分ほどだ。もう真夜中だから眠いだろう？　食事は七時間後に出すように指示している。寝る前だと体に悪いからな」

「はい。お夕食も食べていますし、もう寝ている時間です」

通路を挟んだ向こうの座席に玲哉さんは腰を下ろす。

「離陸して少し経てば、座席をフラットにしてベッドをつくってくれる」

「座席がベッドに？　すごいです。もう、なにもかもがびっくりです」

「優羽の驚く顔はかわいくて、見るのが好きなんだ」

サラッと言ってのけられ、顔に熱が集まってくるのを感じた。


機内が明るくなって眠りから浮上し、目を開けて体を起こす。

東京からロンドンまでは十四時間ほど。半分まで来たらしい。

「おはよう。ぐっすり眠れたみたいだな」

通路を挟んだベッドに片肘をついて、手に頭をのせた玲哉さんと目が合う。

「おはようございます。興奮して眠れないかと思ったら、寝心地がよくてすぐに眠りに引き込まれました。玲哉さんも眠れましたか？」

コックピットのうしろがキャビンアテンダントが食事などの準備をするギャレーで、

客室とは仕切りがあるのでプライベートが保てる造りになっている。ラグジュアリーなプライベートジェットに、ただただ驚くばかりだ。

座席がベッドになった際、彼はうしろのソファでノートパソコンを開いて仕事をしていた。

最近は早めに帰宅することが多くなったが、やはり玲哉さんは仕事中毒だわ。

「俺は優羽に触れられないから眠れなかった」

「この座席にふたりはいくらなんでも寝られないです」

真面目にそう言うと、玲哉さんは「クックッ」と肩を揺らして笑う。

「本気でそう思っている君がかわいいよ」

彼はベッドから床に降り置いてあるスリッパに足を差し入れて、私の隣に座る。

「それほど狭くないと思うが」

ふいに押し倒されて座席がギシリと軋む。

玲哉さんは私を組み敷く格好でブラウンの瞳で見つめる。軽く微笑みを浮かべているせいか、その綺麗な瞳が甘く見える。

それから、彼は体を動かして窓側を背にして私を向き合う形にさせる。力強い腕が腰に回った。

至近距離に美麗な顔があり、かたやきっと私は寝起きの冴えない顔。

「そ、そんなに見ないでください」

恥ずかしさで目を伏せると、おでこに唇があてられ、鼻先から唇に下りてくる。

「こうして寝ればいい」

「狭いです……」

「じゃあ、こうするか？」

なにを？と、聞く前に私の体が玲哉さんの上に乗っていた。

仕切りを隔てた向こうに人がいるので、驚きも押し殺す。

「だ、だめです。玲哉さんが圧死します」

「まったく、どうしてそんな切り返しができるんだ？」

笑いながら私の後頭部に置いた手を自分の方に引き寄せ、唇を塞がれた。

まだハネムーン……蜜月旅行が始まったばかりなのに、極上の甘い時間で幸せに満ちている。

飛行中、食事は二回提供され、一流航空会社のファーストクラスと遜色ないメニューを出してもらっていると玲哉さんに教えてもらい、贅沢な食事を後方のテーブルで向かい合って取った。

プライベートジェットが離発着できるロンドン・ルートン空港到着は朝六時三十分頃なので、仮眠を取ってから軽食を食べていると、あと三十分で着陸だと知らされた。

初めての海外旅行で飛行機から降りて戸惑うはずだが、玲哉さんがいてくれるので手続きもスムーズに行き、迎えの専用車に乗ってホテルへ向かった。

ルートン空港からは車で一時間かかる、リージェンツ・パークに近い五つ星のラグジュアリーなホテルだった。

このホテルを選んでくれたのは、リージェンツ・パークの中に、私が行きたいと希望しているロンドン最大級のクイーン・メアリーズ・ローズガーデンがあるからだ。

チェックインを済ませ、案内された部屋はあぜんとなるほど素晴らしいスイートルームで、なにもかも最高のものを用意してくれることに感謝の気持ちでいっぱいだ。

「玲哉……さん、素敵なお部屋です。ありがとうございます。初めての海外旅行がこんなに贅沢で……」

「優羽、礼を言う必要はないよ。君がそう思っているのはわかりすぎるくらいだし、俺も君と一緒の旅行を楽しんでいる。ちょっと待って」

彼はポーターが運んできたキャリーケースのもとへ歩を進め、そのうちのひとつを開けて四角い箱を手にして戻ってくる。

「プレゼントだ」

「プレゼント……？」

「ああ。スマホで写真を撮るのもいいが、デジカメを用意した」

「デジカメ！　あったらいいなと思っていたんです。ありがとうございます」

「座って準備するといい。終わったら、ローズガーデンへ行こう」

すぐそばの大きな円いダイニングテーブルに座り、箱から発泡スチロールに入ったデジカメを出し、説明書を見ながら今日の日付をセットし、コーヒーマシンの前に立つ玲哉さんを写す。

ただコーヒーができあがるのを待っているだけなのに、絵になるなんて……。

立ち上がり部屋の中を撮っていると、コーヒーとカフェオレがテーブルに置かれた。

テーブルに戻って椅子に座り、「いただきます」とカフェオレのカップを口にした。

ホテルを出てすぐのリージェンツ・パークへ足を運ぶ。

残念ながら晴天とは言えず、空は曇天だ。でも、雨が降らないだけいい。

「東京より少し寒いですね」

「ああ。風邪をひかないようにな」

「はい。あ！　あっちがローズガーデンみたいですね」

ちょうど案内図が目に入る。

平日のせいか、まだ早いのか、公園を散策している人はちらほら見かけるだけだ。

「調べたんですが、ここのバラは一万二千株あって、八十五種類もあるそうです。私が育てていたのは十種類程度だったので、すごいです」

「しかし、もう咲いていないな。奥の方はどうだろうか」

「咲いていたら見事でしょう。でも、咲いていなくてもいいんです。ここに来られただけでもうれしいですから」

奥の方へ行くと、咲いているピンクや赤のバラがあり、まだ美しく咲いていた。

夢中で写真を撮る。

ここまで来る間、バラたちのネーミングがおもしろくて、目についたものをデジカメに収めていたので、まだ一時間も経っていないのにものすごい枚数になっている。

少し前までバラ苗育成農業に携わっていたのに、ここのバラたちを前にすると、いち観光客になってしまう。

「ネーミングに、どんな色や花びらのバラだろうと想像します」

〝precious time〟や〝keep smiling〟、ほかにもユーモアのあるネーミングに、笑みを漏らす。

単語がわからないものがあると、玲哉さんが教えてくれる。

「そういえば、本棚に英語や中国語など外国語の本がびっしりありましたが、何か国語話せるのですか？」

ロンドンへ来てからは流暢《りゅうちょう》に英語を話しているところを見ている。

「何か国語……英語、フランス語、イタリア語、ドイツ語、スペイン語、中国語か」

「すごすぎます。玲哉さんの頭の中はどんなふうになっているんでしょうか」

取り柄のない自分が、彼ほどの人にふさわしいのか考えて落ち込む。

「語学の才能があるだけだ。大学はこっちだった」

「こっちって、ロンドン？」

ゆっくり歩きながら話をしていたが、ふと足を止めて隣の玲哉さんを見上げる。

「そう。そこで今あげた国の留学生たちと交流して覚えていったんだ」

「それにしても日本語を入れて七か国語だなんて……」

「優羽だって、そういった環境だったら同じように話せたと思う」

「そうは思えません」

首を左右に振る私のウエストに腕が回る。向き合う形で、玲哉さんが頬を緩ませた。

「これからやりたいことを学んでも遅くはない」

「玲哉さん……」

美麗な顔が近づいてきて唇が重なる。

辺りには人はいなかったが、いたとしても恥ずかしがらずにキスを受け入れていただろう。

外国には堂々と愛情表現をしても恥ずかしくない空気が流れているようだ。

ランチは近くの閑静な住宅地の一角にあるパブで、ラム肉の煮込みやフィッシュアンドチップスなどのイギリス料理をいただいた。

観光客がひとりもいない地元の人ばかりのパブだが、留学中によくみんなで来たと教えてくれた。

玲哉さんはその頃を懐かしむようにビールと料理を堪能していた。

ロンドンには二泊し、その間有名な観光地へと赴いた。

バッキンガム宮殿の衛兵交代式では一糸乱れぬ動きに見入り、世界遺産のロンドン塔やビッグベン、大きな観覧車のロンドン・アイ、ライトアップされたタワーブリッジを見ながらのディナーは料理もさることながら、極上の一夜だった。

三日目の夕食の後に、イギリスで最も美しい村と言われているコッツウォルズへ運転手付きの車で向かった。

ロンドンからコッツウォルズまでは約二時間、到着は二十一時過ぎで、ガイドブックによるとかわいらしい村だとあるが、車中からでは暗くてよくわからなかった。

ホテルは以前貴族の邸宅だったところを宿泊施設にしているらしい。

花柄の壁紙やダークブラウンの落ち着いた色味の家具、ベッドは四柱式で、ランプも年代を感じられるものだった。

部屋に入って脱いだふたり分のコートをハンガーにかける。

「こういう部屋に泊まってみたかったんです」

「四柱式か。ロマンティックだな」

部屋の中にあるドアを開けて、洗面所の奥にバスルームがあることを確認して玲哉さんのもとへ戻ると、抱き寄せられ唇が塞がれる。

「んっ……」

濃密なキスに体の奥底が疼き始め、互いの服を脱がせながらもつれるようにベッドに押し倒される。

イギリスに来てから毎日愛されて眠り、玲哉さんに少し触れられるだけで敏感に反応する体になっていた。

翌朝、分厚いカーテンの隙間から明かりが入り、晴天だとわかった。

窓の外を見たくて、腰に置かれた玲哉さんの腕をそっとはずす。ベッドを出ようと起き上がったところで、再び腰に腕が回された。

「きゃっ」

引き寄せられて、彼の横に背中から倒れ込む。

「起きるにはまだ早い」

「まだ早いって、お手洗いかもしれないじゃないですか」

すると、彼はおかしそうに笑う。

「優羽の考えていることはお見通しだ」

気だるそうな眼差しを向けられて、ドキッと心臓が跳ねる。

寝起きの玲哉さんの色気がだだ漏れ……。

「わ、わかっているのなら……」

「おはようのキスは?」

キスをねだる玲哉さんはいつもぞくぞくするほど流麗で完璧なのに、今の彼はどこか子犬みたいな雰囲気を醸し出している。

ロンみたい。

けれど、それは演技。優しいけれど、俺様なんだから。

「昨晩たくさんキスしましたし――」

「それはそれ。優羽からキスをしてほしい」

するまで離されそうもなく、上体を起こして彼の顔の横に手をつき顔を近づけた。

それから形のいい唇にちゅっと唇を押しあてて離れようとすると、後頭部に回った手のひらに阻まれる。

舌が侵入して私の舌を追い、つかまえてねぶられる。

「んんっ……」

玲哉さんのもう片方の手は私の背中から腰にすべらせ、さらに敏感になっている下腹部へと移動していった。

たっぷり愛されて、ベッドから出られたのはだいぶ時間が経っていた。

もう九時になろうとしている。目覚めたのは六時だったのに。

玲哉さんはシーツに片肘をつき、ローブを羽織る私を眺めている。

「後でじっくり見られるのに」

「そうですけど……見たくてウズウズするんです」

ローブのウエストの紐を結んでから、窓辺に近づきカーテンを開けて窓の外を見る。

「わー、素敵」

三階に位置する部屋から、眼下にイングリッシュガーデンが見えた。

数種類の花が咲いているのを見て、早く庭に出たい気持ちに駆られる。

庭園が見えるこぢんまりとしたホテルのレストランで朝食を食べた後、デジカメを持って庭園を歩く。

イギリスへ来てから歩くことが多く、とても健康的だ。

「やっぱりテス・オブ・ザ・ダーバヴィルズだわ」

部屋から見えた真紅の花はバラだったのだ。

「舌を噛みそうな名前だな」

「外国語を話せる玲哉さんが舌を噛みそうになるなんて絶対にないです」

からかう彼に破顔する。

「ここなら何時間でもいられそうです」

「ほかにも見せたいところがある。そろそろ行こう」

「はいっ」

手をつないでのんびりと、ホテルから村へ足を運んだ。

村はまるで絵本のような薄茶色の壁や、それよりも色の濃い屋根の建物が軒を連ねていた。

〝リトル・ベニス〟と言われ、川にかかる石橋や村の色合いに映える緑が美しく、空は青い。心が洗われるような景色だ。

ここは古くから羊毛産業が盛んで織物工場などもあり、散策していると素敵なセーターを見つけた。

セーターを手に取ってみると、やわらかく暖かそうだ。玲哉さんは深緑、私はベージュの色違いで下の方に柄が入っているのを購入する。

彼が会計している間、先に出てお店の外観の写真や周辺を撮っていた。

「優羽」

呼ばれて振り返ると、目の前に手のひらサイズの羊毛のひつじが飛び込んできた。

「ひつじのぬいぐるみじゃないですか」

もこもこのぬいぐるみを受け取る。

「ああ。連れ帰ってくれって言っているみたいでね」

「ふふっ、玲哉さんったら、メルヘンチック。このひつじ、とてもかわいいです。大事にします」

「この風景に影響されたんだろうな。普段だったら絶対にそんなこと思わないだろう」

羊毛で目が隠れているのを指で整え、顔を見やすくする。

「あ、ロンにもお土産を買わなきゃ」

「そうだな。ロンドンへ戻ったときペットショップへ行こう」

「はいっ」

今買ったセーターの袋を持っていない方の手で玲哉さんは私と恋人つなぎをして、ホテルの方向へ歩き出した。


コッツウォルズにいる間、レンタカーで一時間十五分ほどのところにあるシェイクスピアの妻の生家《せいか》〝アン・ハサウェイのコテージ〟へ連れていってもらった。

何度も直されているようだが、古い部分は十五世紀のチューダー様式の建築物で、素晴らしいと定評のある庭が目的だった。

ドライブを楽しんだり、ホテルでアフタヌーンティーを食べたりと、ゆったりした時間が過ぎて、ロンドンへ戻る日がやって来た。

帰国は次の日。

約束通り、ロンのお土産や両家の実家や松田さん、もちろん紀伊のお土産も選び、再びローズガーデンにも足を運んだ。

前回泊まったホテルに一泊し、十三時にロンドン・ルートン空港を発った。

帰りも同じプライベートジェットで、自宅にいるようなリラックスした空間で過ごし、翌日のお昼前の十時五十五分に羽田空港に到着した。

八、幸せな生活に落ちる影

ハネムーンから帰国して一週間が経ち、十一月に入った。

十日間旅行に行った影響で玲哉さんは仕事がいつにも増して忙しく、毎晩遅い。

私は一生の思い出になった旅行の写真を整理したり、頭の中にあったイングリッシュガーデンをスケッチブックに描いたりして過ごしていた。

当分、三重には行けそうもないので紀伊へのお土産は宅配便で送り、届いた連絡がきて、久しぶりに彼女と電話で一時間以上話をした。


「ここは植え込みを四角くして……」

手を止めてスケッチブックを眺める。

イギリスで見たイングリッシュガーデンが忘れられず贅沢な構想で描いたが、我ながら現実離れしている。

広い敷地がなければこんな庭園は無理だろう。つくりたいという人ももしかしたらいるかもしれないが、費用の面から考えると無理で、私の空想全開の絵だ。

そこへ玄関のチャイムが鳴って、ソファから立ち上がり玲哉さんを出迎えに向かう。

木曜日の今日は早く仕事を切り上げ、十九時に帰宅してくれた。

玄関へ行くと、玲哉さんは黒革靴を脱ぎスリッパを履いている。

「おかえりなさいませ。お疲れさまです」

玲哉さんは「ただいま」と口もとを緩ませ、ビジネスバッグを持っていない方の手を私の髪にすべらせ、額に唇を落とす。

一緒にリビングルームに歩を進め、彼はセンターテーブルの上のスケッチブックに目を留めた。

「これはイングリッシュガーデンだよな？」

「落書き程度で恥ずかしいです」

スケッチブックを持ち上げて、玲哉さんはじっくり絵を観ている。

「いや、うまく描けている。優羽は絵の才能があるのか」

「そんなに褒めないでください。捨てようと思っていたんですから」

「捨てる？　もったいない。俺にくれないか？　額縁に入れて飾っておきたい」

「え？　額縁だなんて。こんな絵でよければ、もちろん……どうぞ」

スケッチブックから一枚を切り離して渡す。

「ありがとう。着替えてくる」

玲哉さんは笑みを浮かべて絵を受け取る。

「はい。お夕食温めておきます」

今日は松田さんがお休みの日なので、私が料理をした。メニューはシーフードグラタンとローストビーフに、マッシュポテトを添えた。

玲哉さんはパンも好きなので、料理に合わせてバゲットを用意してある。

田舎ではおいしいパン屋さんまで距離があるが、ここはレジデンスを出たらあちこちにあって、散歩がてら好みの店を探すのが楽しい。

カジュアルな服に着替えて現れた彼はテーブルを見て「ワインを飲まないか？」と提案する。

「ワイングラス、用意してきます」

グラスに半分くらいなら具合が悪くなることもない。それに少しずつ慣らしていけたらと思っていて、少量飲むようにしている。

そのことを玲哉さんもわかっていて、一緒に食事をするときに聞いてくれる。

彼はワインセラーの前へ行き、赤ワインを選ぶ。その間に、キッチンの中へ入り戸棚からワイングラスを出した。

グラスを持って戻ると、ワインオープナーでコルクを抜いたところだった。

玲哉さんの対面の席に着き、綺麗なぶどう色の液体がグラスに注がれるが、半分のところで止まる。そして、自分のグラスに赤ワインを満たす。

グラスを軽く掲げた玲哉さんは、少量口に含んでから喉に通す。

「優羽が飲みやすいよう甘めのものにした」

「いただきます」

グラスを口もとへ持っていくと、ぶどうの芳醇な香りがしてひと口飲む。

「あ、とても甘いです。グレープジュースみたいですね」

「たしかにそうだな。だが、飲みやすいアルコールこそ、どんどん飲んでしまうから気をつけるんだよ」

酔いやすいけれど、お酒は嫌いではないから、その忠告を肝に銘じる。

「はい。気をつけます」

「俺の前だったら酔ってくれてもかまわないんだが。酔った優羽は今以上にかわいいからな」

旅行中、部屋でシャンパンを飲んだが少し飲みすぎたようで、ケタケタ笑っていたのを覚えている。酔っていたが記憶はちゃんとある。

「あれくらいならいいけれど、お酒が回りすぎるのは絶対に避けたいです。モヒートでこりました」

そう言うと、玲哉さんは笑ってグラスの中の赤ワインを飲み干す。

「ところで、十七日に両親主催のパーティーが日比谷《ひびや》のホテルである。今回は会社関係だから、優羽のお披露目も正式にしたいと思っている」

私のお披露目なんか……と思うが、玲哉さんの妻である以上、社交的な面を身につけなくてはならない。

「はい。緊張しますが、がんばります」

「俺がついているから心配することはない。グラタンが冷めてしまうな。食べよう」

玲哉さんはシーフードグラタンを食べて、満足したように微笑んだ。

瞬く間にパーティー当日になった。

玲哉さんはチャコールグレーのスリーピーススーツで、私はターコイズブルーのIラインのワンピースにジャケットのスーツだ。

一緒に買いに行く予定が、彼の急な出張で行けなくなり、ちょうど冬物の服を母が送ってきたところでその中にこのツーピースがあった。

かっちりしたイメージだが、玲哉さんが揃えてくれた宝飾品で印象が華やかになり、彼の隣にいるのがふさわしいと思ってもらえたらと思いながら支度をした。

パーティーの出席者は五十名ほどで、五つ星ホテルの会場に入ってから一時間以上、玲哉さんと挨拶回りをしながら一緒にいた。

その後、お義母様から紹介したい人がいると言われて、彼と離れて三十分ほどお義母様と行動をともにしていた。

お義母様は行動的で華があり、自信に満ちあふれ、飽きさせない話術が素晴らしい。その社交性は学ばなくてはならないと思った。

「優羽さん、たくさんご紹介してしまったわ。徐々にお顔とお名前が一致するようになると思うから安心してね」

「はい。ご紹介ありがとうございました」

「じゃあ、玲哉さんのところへ行って。きっと心配しているわ」

優しい言葉をかけてくれたお義母様から玲哉さんのもとへ戻るとき、ひとりの三十代くらいの男性に呼び止められた。

「玲哉の奥さん、僕は彼の幼少期からの友人の日下《くさか》です」

「はじめまして。優羽と申します」

「先日、玲哉と会ったときに、優羽さんの惚気話《のろけ》を聞かされましたよ。彼の言う通り笑顔のかわいい女性ですね」

「惚気話を……？」

玲哉さんがそんな話をするなんて想像つかない。

「ええ。玲哉が十歳の頃、志摩のホテルのバラ園で出会ったえくぼの笑顔がかわいい女の子と偶然にも会えて、結婚したと言っていましたよ。どうやら、その頃に会った女の子が印象深かったようで、話を聞くとメルヘンチックですね。玲哉がガラッとやわらかくなったのは優羽さんのおかげですね」

日下さんの話に驚きを隠せない。

そのことは前にも言っていたが、私とその女の子を重ねていないと思っていた。でも日下さんの話だと、玲哉さんは私がそのときの子だと……。

私には記憶がない。あの頃、美羽もお父さんについていくこともあったから、もしかしたら女の子は美羽なのかもしれない。

言いようのない不安感に襲われる。

「あ、玲哉が来ますよ」

日下さんは私の後方に視線を動かして玲哉さんを認める。

「貴士《たかし》、優羽」

颯爽と歩を進めてきた玲哉さんは私の隣に立つ。

「玲哉、先に奥さんに自己紹介していたところだ」

「ああ。ふたりが話しているところを目にして来たんだ。優羽、母の付き合いは大変だっただろう」

玲哉さんは美麗に笑みを漏らし、私のウエストに腕をかける。

「まったく結婚に興味がなかった男が、こうも変わるとは」

「優羽に出会えて幸運だった」

「幼い頃に一度だけ会ったふたりが結婚するなんて、映画にしたらヒットしそうだな」

「俺たちの思い出だから、世間に広めることでもないさ」

内心狼狽している私に彼は微笑む。

私にはそのときの記憶がないし、本当は美羽だったと知ったら……？

そう考えると、足もとから幸せが崩れていくような感覚になる。

でも、美羽は好きな人とフランスにいる。私にあのときの記憶がないことを玲哉さんはわかっているのだから、あえて違うかもしれないともう一度話す必要はない……。

そう割りきったのに、玲哉さんを騙《だま》している感は否めなかった。

パーティーが終わり、エントランスで運転手付きの高級外車に乗り込むご両親に挨拶をして、私たちの車がここにつけられるのを待つだけと思っていたら、玲哉さんは私の手を取り再びホテルの中へ歩を進める。

「玲哉さん、車に……」

「部屋を取っている」

「え……?」

「部屋でゆっくりしよう」

玲哉さんは私の手を握ったままエレベーターホールへ行き、最上階で降りる。

贅沢なスイートルームに入り、ハッと思い出す。

「着替えを持ってきていないです」

「服なんて必要ないさ」

「え? でも――んっ」

抱き上げられて唇が塞がれる。

「優羽が欲しい」

ツーピースのジャケットが脱がされる。

「じゃ、じゃあ、お風呂に入ってから」

「却下。待てない」

ラグジュアリーなベッドに下ろされ、玲哉さんはスーツのジャケットを脱いでベストのボタンをはずしてから、足もとにあるオットマンに無造作に放る。

私のワンピースに合わせたターコイズブルーのネクタイの結び目に、指を入れてはずすところに魅せられて動けない。

「今日は優羽しか目に入らなかった。離れていたら気になるし、笑顔は俺だけのものにしたくて焦燥感に駆られた」

「玲哉さん……」

愛されているのだ。幼き日のことは気になるが、玲哉さんの愛に応え、私は彼以上に献身的に愛したい。

そう思ったら、熱い眼差しで見つめる玲哉さんへ腕を伸ばしていた。

「たくさん……愛して……」

「優羽……！」

ワンピースのうしろのファスナーを下げ、キスをしながら服が脱がされ、玲哉さんの唇と舌、そして指先が快楽の世界へ導いていく。

「っ……ふぅ……あぁっ……」

あまりの気持ちよさに声が漏れる。

彼が動くたび淫らな水音とともに、最奥まで突かれて絶頂が訪れた。

ゆったりとしたバスタブの中で、泡が私たちの体を包み込み、ローズの香りで満たされている。

「さっき父に結婚式を急《せ》かされたよ」

「結婚式、私はなくてもかまわないと思っていたのですが、神倉家としてはそうはいきませんよね……」

玲哉さんは忙しいから挙げなくてもいい……そう思っていた。私が招待したい人も少ないし。

「まあな。俺は優羽のウエディングドレス姿を是が非でも見たいから、やらない選択肢はないが」

「私も玲哉さんの正装姿を見たいです。タキシードでしょうか？　それともフロックコート？」

「タキシードは小さい頃から着すぎているから、フロックコートでもいいな。優羽のドレスを合わせるときに決めればいい」

「どちらでも似合うはずですが、タキシードを着た玲哉さんを見てみたいかな」

「バラ園で一度見ているんだが」

そう言って彼は苦笑いを浮かべて私を抱き寄せ、泡をチョンと私の鼻の上につける。

予期せぬ会話からまたバラ園の子の話につながってしまった……。

「その頃の写真は実家だから今度行ったときに見せよう。思い出すかもしれない」

玲哉さんが会ったのは美羽だったとしても、純粋に彼の小さい頃の写真が見たい。

「はい。そのときは必ず。っ、くしゅんっ」

「冷めてきたな。出よう」

温かいシャワーをかけて泡を落とすと、ふわふわのタオルに包まれた。

十一月が終わる頃、母から電話があった。
《優羽、服は足りている？　いつでも言うのよ。また新作送るわ》
パーティーの後、私が身につけていたツーピースの問い合わせがかなりきていたと先日連絡があった。

あの日会場にいたさまざまな年代の方にツーピースを褒められ、母の会社のブランドを教えたので、娘や孫にと問い合わせたのだろう。

「ありがとう。もうすぐビルのオープンだね」

十二月十四日は神倉が麻布につくった商業施設のオープン日で、レセプションがあると聞いている。

《ええ。それでね、電話したのは美羽が彼と別れたとかで帰国するの。電話の向こうで泣いていて状況が把握できていないんだけど》

「美羽が？　いつ帰国するの？」

《明日よ。戻ってきたら玲哉さんと食事にいらっしゃい》

「とりあえず……ずっと会っていないから、私だけでも顔を見に行くわ」

《ええ。それがいいわね》

通話が切れてスマホをセンターテーブルに置く。

泣いていたって……美羽、大丈夫かな……。

憂慮したとき、置いたばかりのスマホが鳴ってビクッと肩が跳ねる。

母が言い忘れたことがあるのかと思って画面を見ると、三重の鎌田不動産だった。

通話をタップして出る。

「もしもし？　優羽です」
《ああ。優羽ちゃん？　鎌田不動産です》
「はい。佳久さんご無沙汰しております。寒くなってきましたが、風邪などひいていませんか？」
土地の件は玲哉さんに任せたので、どうしたのかなと困惑する。
《すこぶる元気だよ。旦那さんから土地の売却を頼まれていてね、売れて入金されたから、書類に書かれてある優羽ちゃんの口座に明日送るよ》
地元の業者の方がよくわかるだろうからと玲哉さんは言っていたが、こんなにも早く売れるとは夢にも思っていなかった。
《大きな会社が、優羽ちゃんのところと、並びの千坪の草が生い茂った空き地も買い上げたんだよ。売買契約は旦那さんの会社の法務部の人が代理で済ませた》
うちが三百坪くらいなので、合わせたらかなりの広さになる。なにになるんだろう。昨今問題になっている産業廃棄物置き場にならなければいいのだけれど。
《三千万で買ってもらったんだが、諸経費を引いて入金するよ》
「そんなに高く……跡地はなににになるかわかりますか？」
これで玲哉さんに返せる。

《道の駅になるって言っていたな》

産業廃棄物置き場ではなく、道の駅と聞いて愁眉《しゅうび》を開く。

「道の駅だったら、町が賑やかになりますね。ホッとしました。佳久さん、いろいろとありがとうございました」

《いつでも遊びに来なさい。この町は優羽ちゃんの故郷だからな》

もう一度お礼を告げて通話を切った。

なかなか売れないと思っていたからよかった。でも、もう私の土地ではなくなったんだ……。

そう思ったら寂しくて悲しい気持ちになった。

「おかえりなさい。お疲れさまです」

「ただいま。遅くなった。寝ていてよかったのに」

今日の玲哉さんは取引先との会食で、もうすぐ日付が変わろうとしていた。

お酒も飲んでいるはずなのに、いつも変わらない。

「まだ眠くないので大丈夫です。会食でしたが、ちゃんと食事できましたか？　軽く食べられるものを用意しましょうか？」

「まあまあ口にしたから用意しなくていいよ。まだ仕事が残っているから、先に寝ていてくれ」

リビングルームに歩を進めながら話をする。

「はい。あの、三重の不動産屋さんから電話があって、土地が売れたと言われました」

「そうか。意外と早かったな」

「玲哉さんのおかげです。お忙しいのにありがとうございました」

突として立ち止まった玲哉さんは私と向き合う。

「なんだか他人行儀じゃないか？　俺は優羽の心配事をなくすためならどんなことでもする。だが、本当は寂しいのだとわかっている」

「……ふふっ……見抜かれていたなんて、鋭すぎます」

「君のためにしたことで悲しい思いをさせてしまったな」

玲哉さんの目に浮かんだ同情の色に、首を大きく左右に振る。

「そんなこと言わないでください。これでスッキリします。じゃあ、先に休みますね」

「ああ。おやすみ」

両肩に手が置かれ、唇に軽くキスを落とされた。

翌日の午後、美羽を羽田空港まで迎えに行った母も自宅にいるとのことで、家に向かった。

インターフォンを鳴らすと、中から玄関のドアが開けられ、自分と同じ顔を目《ま》のあたりにして一瞬びっくりする。母だと思っていたから余計に。

「優羽！　久しぶり！」

笑顔の美羽が両手を大きく広げてハグをする。

よかった。元気そう。

「美羽、昨日お母さんから聞いて……」

美羽は黒髪のボブになっており元気で利発そうに見え、私とやはり性格が違うなと感じる。そのことは小さい頃からわかっていたが、何年ぶりかで会うと、一卵性双生児の顔も、似てはいてもこうして会ってみると違う。

「ふたりともそこで話していないで、こっちへ来なさい」

母が顔を覗かせて、あきれたように言う。

私たちがリビングルームへ向かうと、母はお茶の用意をしてくれていた。センターテーブルには紅茶のセットと焼き菓子が出ている。

美羽と並んでソファに腰を下ろし、母は対面に座る。

「ようやく姉妹が揃ったわね」

笑顔の母は上機嫌だ。

「優羽、私の代わりに結婚したって聞いたわ。ママのむちゃぶりに付き合わなくてもよかったのに」

美羽の言葉に、今まで笑顔だった母は目を吊り上げて彼女を睨む。

「それはあなたのせいでしょう？　優羽のおかげで仕事もうまくいっているのよ？　あなたは仕事も放り出してアランのところへ飛んでいったじゃない」

「あら、仕事はしていたわ。向こうで流行ってるデザインや動向を報告していたのに」

カップを口に運び、悪びれた様子もない美羽に母は大きなため息をつく。

それから美羽は楽しそうに笑って続ける。

「神倉の御曹司と結婚だなんて、優羽は玉の輿に乗れたのね。私も相手を知っていたら結婚していたかも。さっきママから写真見せてもらったら、ものすごい美形じゃない。毎日あの顔を見て生活できたら幸せね」

え……？

「美羽、私は名前を言ったわよ。あなたがアランしか目に入らなくて『お見合いなんて嫌！』と叫んで写真も見ずに家を飛び出して、パリへ飛んだんじゃない」

「そうだったかしら……まあ、いいじゃない。済んだことだし。優羽、あなたは今幸せ？」

「……うん。幸せよ」

もし姉がちゃんと相手を知っていたら見合い話を断らず、今頃玲哉さんと結婚していたんだ。彼だって同じ顔の姉を受け入れていただろう。

しょせん私は姉の代わり……。そう考えたら心に影が落ちた。


二時間後、自宅に戻ってきた。

美羽に友人から連絡が入って出かけてしまったのだ。母も『職場に戻ることにするわ』と言ったので、私は早々に実家を後にした。

『私も相手を知っていたら結婚していたかも。さっきママから写真見せてもらったら、ものすごい美形じゃない。毎日あの顔を見て生活できたら幸せね』

志摩のバラ園にいたのが美羽だったとしたら、玲哉さんの気持ちは……？

そう考えると、胸がギュッと締めつけられて痛む。

もし私だとしたら……あのバラ園へ行ったら、思い出すのだろうか……。

モヤモヤを抱えて、このまま安穏とは暮らせない。

その夜、やはり遅く帰宅した玲哉さんとベッドに入ったとき、三重にいる友人の紀伊に会いに行ってきてもいいかと尋ねる。

「どうかしたのか？」

「ううん。紀伊と電話で話をしていたら、会いたくなっちゃって」

「たしかにいつもひとりだしな」

腕枕をしてくれている反対の手で、髪がゆっくり梳《す》かれている。

「ロンも松田さんもいるので寂しくはないけれど、紀伊とは保育園の頃からの大親友で、ずっと助けられていたので」

平日は夜遅くまでの仕事で、私に申し訳ないと思ってくれている玲哉さんは「わかった。女友達は大切だからな。行ってくるといい」と言ってくれた。

美羽が帰国していることは言えなかった。

「ヘリを手配しよう」

「い、いいえ。ひとりではちょっと怖いです」

「ヘリなら一時間半ほどで着くのに？　優羽の住んでいた町までは移動に時間がかかるだろう」

「新幹線で名古屋までならそれくらいの時間で行けますし、母がしていたようにレンタカーを借りれば不便ではないです。紀伊と伊勢市に泊まろうかと思っています」

この旅の目的は神倉の高級リゾートのバラ園へ行くことだけど、玲哉さんには内緒にしておきたいので、紀伊に会いに行くとだけ告げた。

「わかった。行く日が決まったら教えて」

「はい。おやすみなさい」

おやすみのキスを唇に落とされ、玲哉さんの胸にピタッと寄り添って目を閉じた。

九、不安を払うために

十二月十一日の水曜日、お昼過ぎに自宅を出て新幹線に乗った。玲哉さんに話した通り名古屋駅で下車して、レンタカーで伊勢市へ向かう。

今日の宿泊先は伊勢市にある旅館で、仕事が終わった紀伊が来てくれて一緒に泊まることになっている。

水曜木曜で伊勢市へ行こうと思うと告げたら、木曜日の夜はすでに彼と予定があると言うので水曜日に一緒に泊まろうということになったのだ。

紀伊と会うのは久しぶりなので会うのをとても楽しみにしていた。けれど、その後に入れている予定には不安しかない。その場所に行ったからといって、思い出せるものでもないし……。

今回紀伊と泊まるのは、以前の私なら絶対に無理だった高級旅館。

玲哉さんに宿泊場所を尋ねられ、リーズナブルな価格のホテルに泊まると話すと、『君は神倉家の一員なのだから宿選びも気をつけるように』と言われ、彼に決めてもらったのだ。

料金は恐ろしく高いが、彼から支払いのことは気にせず親友とゆったり過ごしてきてほしいと再三言われたので、もうここはお言葉に甘えて、紀伊とふたりで食事と温泉を楽しもうと決めた。

今まで支えてくれたお礼もちゃんと伝えよう。彼女が喜んでくれるとうれしい。

名古屋駅から約二時間後、旅館に到着した。

カシミアのコートと旅行バッグを持って入り口へ歩を進めると、和風の玄関の前に女将《おかみ》さんと仲居さんらしき人の姿が見える。

灰色の訪問着を身に着けた年配の女性が挨拶し、荷物を飴色の着物に白いエプロンをつけた若い女性が引き取ってくれる。

チェックインを済ませ、女将さんたちに案内されて部屋に入り、荷物を持ってくれた仲居さんはそれを部屋に置くと静かに去っていく。

女将さんがお茶を入れてくれている間に、スマホを出して玲哉さんに着いた旨のメッセージを送る。

館内の案内をして女将さんが部屋を出ていくと、彼からメッセージが戻ってくる。

【疲れただろう。ゆっくり温泉に入って、友人と楽しんで】

たしかに久しぶりの運転で緊張して疲れた。けれど、この旅の目的が常に頭にあって休めない。こういうのを興奮状態というのだろうか。

昼寝をすることもできず近くの外宮《げくう》参道を散策し、紀伊が来るまで時間をつぶす。

散策から戻ってきて部屋でゆっくりしているうちに、ロビーに到着したと紀伊からメッセージが入る。

三階からエレベーターで下りた先、ロビーのソファに紀伊が座っているのが見えた。

落ち着かない様子でキョロキョロしていた紀伊は、私の姿に立ち上がって手を振る。

「優羽〜、久しぶり〜」

ロビーにはお客様が数人いてとても静かなので、紀伊の声も小さい。

「会いたかったよ。お部屋は三階なの。行こう」

エレベーターに乗った途端、紀伊は私の顔に顔を近づけてじっと見る。

「さらに綺麗になってる！　化粧品のおかげ？　それとも旦那様のおかげ？」

ニコニコして茶化されて、慌てて顔の前で両手を振る。

「変わっていないから。ほら、着いた」

エレベーターを降りて部屋へ歩を進め、ドアの鍵を開けて彼女を先に促す。

「すごーい。ここの旅館気になっていたんだけど、近すぎるし高いしで、縁のないところだと思っていたんだよねー。優羽のおかげで来られてうれしいよ」

紀伊は小さな旅行バッグを畳の部屋の隅に置いて座卓に着き、私も対面に座る。

「お茶入れるね。最初はリーズナブルな価格のホテルに泊まろうと思っていたんだけど、玲哉さんが君は神倉の一員なんだからと言って……。だから、彼が支払ってくれるから紀伊は気にしないでいいからね」

急須に茶葉を入れてポットからお湯を注ぎ、少し蒸らしてから湯のみに入れる。

「え？　ううん。払うよ。優羽はいいけど私が旦那様に甘えるなんてできないよ」

「本当にいいの。彼が親友とゆったり過ごしてほしいって。紀伊、これまでずっと支えてくれてありがとうね。本当に感謝してる」

「親友の私にまで……。旦那様、太っ腹だね。そしたら甘えることにする。優羽はすごいところにお嫁にいったんだね。でも、義理の両親とか一族とか、大変そう」

「それが全然大変じゃないの。ちゃんと嫁をしなきゃと思うんだけど、そんな機会がほとんどなくて」

「それならよかったわ。嫁姑《よめしゅうとめ》問題があって大変なのかなと思っていたんだ」

紀伊は湯のみを持って緑茶を飲む。

彼女の近況報告を聞いていると電話が鳴って、お食事処に料理の準備ができたと連絡をもらい、私たちは一階へ下りた。

テーブルに並んだ料理は超がつくくらい豪華だ。

和食会席料理で、前菜から始まり椀物には松茸や鱧《はも》が贅沢に使われ、伊勢海老のお造りや、自身で焼く松阪牛《まつさかうし》のステーキなど、素晴らしいメニューの数々に舌鼓を打つ。

紀伊は一つひとつに感動し、おいしそうに口へ運ぶ。もちろん私も紀伊の元気をもらったみたいで食欲も復活し、食べ進められた。

お食事処なので数組の宿泊客もおり、込み入った話は後にして他愛ない会話を楽しんだ。

食事後、一時間ほど休んでから大浴場へ赴き、天然温泉の露天風呂にのんびり浸かり、至福の時を過ごした。


「はぁ～極楽だった」

お風呂から上がり、浴衣姿の紀伊は部屋のベッドにポンと大の字に体を横たえる。

「なんて気持ちいいの～優羽、最高よ」

「うん。すごく気持ちよかったね。温泉に入ったのはずいぶん久しぶりよ」

彼女の隣のベッドの端に腰を下ろす。

「ずっと休まずに働いて忙しかったからね。神倉さんと結婚して幸せそうでうれしいよ。けどさ……」

「けど？」

言い淀んでいる紀伊に首をかしげる。

「うん……ときどき表情が暗くなるの。だからなにかあるのかなって」

保育園から一緒だった紀伊に隠し事はできないなと、微苦笑になる。

「もし話せるんだったら聞くよ？」

「紀伊にはなんでもわかっちゃうね」

「そりゃそうでしょ。付き合いが一番長いんだからね。ちょっと喉渇かない？　お茶入れるよ」

紀伊は横たえていた体を起こし、隣の和室へ行ってお茶を入れ始める。

「さっきもうこれ以上入らないってくらい食べたのに、甘いの食べたくなっちゃうね」

私も和室へ歩を進めて、紀伊の前に座る。

座卓には伊勢市の銘菓が数種類菓子盆の上にのっていて、お茶を入れ終えた彼女はあんこの入った菓子をひとつ手にする。

「甘い物は別腹、別腹」

食事でも、デザートに出てきたティラミスとアイスの盛り合わせをパクパク食べていた。

でも、彼女なりに私を元気づけようとしているのはわかる。

「紀伊、ありがとう。あのね、なにかあるのは間違いないんだけど、自分の中で処理しきれていないの」

「どういうこと？」

「幼少期……玲哉さんが十歳の頃の話なんだけど、志摩の高級リゾート知っているでしょ？」

「もちろんよ。憧れのギリシャ風の高級リゾートよね。写真でしか見たことがないけど。小さい頃、優羽はよく行ってたよね」

「うん。玲哉さんはあそこのバラ園で出会ったえくぼのある女の子が、私だと思っているの」

「え？　なんか唐突に話が飛ばない？　優羽とその頃出会っていたってこと？」

「えーっと、私には記憶がなくて。美羽もときどき行ってたから、もしかしたら私じゃなくて美羽なのかなと」

「美羽だったら、なにが悪いの？」

紀伊は眉根を寄せて首をかしげる。

「彼はそのときのことを大切な思い出にしているの。あのとき出会った女の子が美羽だったら、私は玲哉さんの妻じゃない方がいいのかなと」

「はあ？　なに言ってるの？　今愛し合ってるんじゃないの？　幸せなんでしょう？　そんなことどうでもいいじゃない」

紀伊の顔がいつになく怖い顔になって、語気を強める。

「でも、玲哉さんはあのときの女の子が私だと思っているから、愛してくれているんじゃないかって。本当は美羽だったら……。彼が最初にお見合いをすると決めたのは美羽の笑顔の写真が理由だったの。えくぼがあったから」

「美羽はフランスでしょ？　恋人だっているんだし、彼女にとっても大迷惑よ」

「それが別れたみたいで、最近日本に戻ってきたの。それで、縁談を持ちかけられたとき美羽は玲哉さんの写真を見ていなくて、どんな人だか知らなかったって。最初にわかっていたらフランスに行かなかったと言ったの」

そこまで言って、喉の渇きを覚えて紀伊が入れてくれたお茶をすする。

「もー、美羽ったらなんなの？　冗談だと思いたいわ。それで、優羽は気にしちゃってるんだ」

「もしも幼い頃に会ったのが美羽だったらと思うと居たたまれなくて……。ちゃんと正すのが私たち全員にとっていいのかなと」

「優羽、バッカじゃないっ。愛しているんでしょ？　万が一そのときの子が美羽だったとしても、妻は優羽なの。今、彼が愛しているのは優羽なの。夫婦仲がうまくいっていなかったら仕方ないけど、そんな昔のことに囚《とら》われちゃだめ」

「紀伊……」

「四歳の頃なんて私にだって記憶がないわよ。美羽じゃなくて自分だと思っていればいいの」

悩みを紀伊にバッサリ切り捨てられたけれど、憑《つ》き物が落ちたような感覚にはまだほど遠い。

美羽じゃなくて私だったと思えばいいのだとわかっているけれど……。

「真面目な優羽には割りきれないかもしれないけど。私だったら、今が幸せなんだからくよくよ考えないよ」

「……うん。ありがとう。明日、そこに泊まるの。もう一度バラ園を見に行ったら自分の中でけじめがつくと思う」

紀伊の答えは話す前からわかっていた。でも、彼女の言葉で少し自信と勇気をもらえた。

「うん。そうなることを願ってる。あ！　そうそう、ハネムーンの写真見せて。お土産のクッキーやチョコレートおいしかったな～。食べ物だらけのお土産で笑ったよ。でも、綺麗な缶がたくさんで絶対に捨てられないよ。ほら、早くスマホっ！」

スマホを持ってくるよう私を急かした紀伊は菓子盆に手を伸ばし、こしあんをやわらかいお餅で包んだ銘菓を取った。

夜更かしをしたので、目を覚ましたのは八時だった。

お風呂に入りに行って、九時過ぎにお食事処で朝食をいただいた。朝食も新鮮な焼き魚やご飯の進むものばかりでたっぷり堪能した。

その後チェックアウトしてから伊勢神宮を参拝し、彼とデートが入っている紀伊を自宅に送り、高級リゾートへ行く前に自宅のあった場所へと車を走らせた。

少しして、自宅があったところの道路沿いに白い鉄板の目かくしパネルが並べられているのが遠目からでも見えた。

後続車に気をつけながらハザードを点灯させ、車をゆっくり止めた。それから降りて目かくしパネルに近づき、隙間がないか少し歩いて探す。

工事車両の出入りする場所から中の様子が見えた。奥の方に建物の骨組みがある。

「あれが道の駅かな……」

すっかり住んでいた頃と様変わりしていて、やはり寂しさは否めなく胸が痛む。

お父さん、ごめんなさい。でも、ここが賑わったら驚いちゃうね。

少しだからとコートを着ないで外に出たので、寒さにぶるっと震えた。


神倉の高級リゾートにチェックインしたのは十五時で、部屋は小さい頃から憧れていた一度泊まってみたかったヴィラにした。ここに泊まるのは玲哉さんに内緒なので、自分で支払う。彼は私が伊勢市の旅館に二泊すると思っている。

神倉の名前を使うのは避けたかったので、予約は旧姓の石川優羽で取った。

白亜のヴィラは本館から少し歩くが、行く途中には地中海をイメージした建物やレストランがあり、ギリシャに来ているみたいな錯覚に陥りそうになる。

ギリシャへは一度も行ったことはないから想像でしかないが、とにかくここは異国情緒あふれていて素敵なところだ。

小さい頃はお客様の宿泊エリアへは入れなかったので、こんなふうになっていたのだと感慨深い。

ここへ父と一緒に来ていたのは小学生までで、それ以降は勉強や友達との遊びに忙しく、手伝いには来なかった。

案内のフロントの女性と一緒に五分ほど歩いてヴィラに到着した。

室内へ入って「わぁ」と感嘆の声が漏れる。

外観と同じで中も白壁でところどころにブルーが使われている。床のタイルや花瓶までもがギリシャ風で、とても素敵だ。

大きな窓に近づき外を見れば、青い海が目に飛び込んでくる。

透明度を誇る岩場や砂浜のプライベートビーチもあり、今が冬なのが残念だ。

「伊勢の宿も素敵だったけど、紀伊はこういう雰囲気もきっと好きだね」

またいつか一緒に泊まれるといいな。

窓辺から離れて玄関に向かう。これからバラ園へ行くつもりだ。

父が亡くなった後も、ここの支配人はバラの手入れを引き続きしてほしいと言ってくれたが、ハウスの仕事で手いっぱいだったし、ここのバラを美しく咲かせるには未熟だった。

バラ園へ入ると、何百株とあるバラは緑の葉と枝ばかりで、ところどころ咲いているものも見受けられたが、ここのバラが見事なのは春だ。

玲哉さんがえくぼの女の子と出会ったのは、いつの時季だったんだろう……。

剪定跡などを見ながら、バラ園の中をゆっくり歩く。

私だったとしたらなにか思い出したい。だが記憶にあるのは小学生の頃のことで、父が剪定した枝や葉を拾っているところだ。

玲哉さん、ここに来たらなにか記憶の欠片《かけら》だけでも思い出すかと……思ったけど、その頃のことはなにも出てこない……。

花びらへ手を伸ばそうとしたそのとき。

「優羽」

玲哉さんの声が背後からして、まさか……と疑いつつ振り返る。

「玲哉さんっ！」

チャコールグレーのスーツ姿の玲哉さんが立っていた。

「どうしてここに？　私、ここへ来るなんて言っていなかったのに」

「君はわかりやすいから。友達との旅行は建前で、本当はここへ来て記憶が蘇るか試したかったんだろう？」

「……はい。でもなにも思い出せません」

そう口にすると、涙腺が緩み涙があふれてきた。

頬を伝う涙を玲哉さんは指の腹で拭いてくれる。

「記憶なんてどうでもいい」

「で、でも、美羽かもしれません」

「俺が会ったのは優羽だよ。証拠がある」

「え……？」

「部屋へ戻ろう」

戸惑う私の手を引いて、玲哉さんは私が泊まるヴィラへ間違えることなくたどり着くと、私のカードキーではない鍵でドアを開ける。

「玲哉さん、お仕事は？」

「抜け出してきた。言っただろう？　ヘリなら二時間もかからないと」

部屋に入った彼はそう言って麗しく笑う。

リビングの大理石のセンターテーブルに、先ほどはなかった古びた台帳のようなものが置かれていた。

玲哉さんは私をソファに座らせ、自分も隣に腰を下ろす。そして、その古びた台帳を見やすいよう手もとに持ってくる。

「これは業務用の台帳だ。ここは出入りに厳しく、あらゆる業者、工事の者、お客様、すべての人の名前を記入してある。今はデータ化されているが、当時のものが残っていた。そして、俺が持っているあの時の写真に日付が入っていた」

彼は胸ポケットから一枚の写真を取り出して私に見せる。

「パーティーの際は決まって写真撮影していたのを思い出して、実家へ行って捜してきたんだ」

「あ……」

十歳の頃の玲哉さんで、タキシード姿だった。

「とてもかっこいいです。言われてみれば小生意気に見えます」

そう言うと、玲哉さんは目尻を下げて「だろう?」と破顔する。

小さいのに、今の玲哉さんの片りんを見せている。

「日付から台帳を見れば、お父さんが誰と来たのかわかる」

ページをめくっていくと、父の筆跡で【石川バラ苗育成農園　石川仁志】とあった。

続いて書かれてあった名前に目を見張る。

「私だわ」

「ああ。優羽だ」

玲哉さんの十歳の頃の写真を見てもなにも思い出さなかったから、台帳にある自分の名前に胸をなで下ろすものの、やはり記憶がないため不安は拭えない。

彼が安心させるように優しい目で見つめてくる。

「仮に、あのとき出会ったのが美羽さんだったとしても、それはひとつの出来事にすぎない。俺が愛したのは君なのだから」

「で、でも……私があのとき、ここで会った子だと知って喜んでいたみたいに見えました」

玲哉さんが膝の上に置かれた私の手の指の間に指を入れて、軽く握る。

「たしかにそう見えたとしたら、そんな偶然もあるものなんだと喜んだんだよ。奇跡だと思った。しかし、優羽にどんどん惹かれて愛するようになり、そんなことは重要ではなくなった。俺たちが今後一緒に暮らしていく中での、些細な出来事だよ」

重なる指がまるで戯《たわむ》れるように絡められ、徐々に体温が上がっていくのを感じる。

「優羽のその温かい笑顔が俺の心を癒やしてくれるんだ。誰よりも優しく、穏やかな心を持った君だから、一生そばにいてほしい。優羽、愛している」

「玲哉さん……！　私も愛しています。私じゃなかったら、誤解させておくのはと、苦しくて……」

「本当に君は真面目で愛すべき存在だ」

抱きしめられて唇が重ねられる。上唇と下唇を食むように玲哉さんの唇が動く。

「涙のせいで塩辛いな。でも、癖になりそうだ」

「え？　きゃっ」

突として抱き上げられ、ベッドに連れていかれる。

着ていた服をなにもかも脱がされ、玲哉さんからもたらされる快楽の旅が始まった。


翌日、朝食を済ませるとヘリで帰る前に行きたいところがあると、ホテルの車を玲哉さんが運転して出かけた。

ちなみに私が借りたレンタカーは業者が取りに来てくれることになっているので、私も玲哉さんと一緒にヘリコプターで東京へ戻る。

明日の土曜日は麻布の商業施設のオープンの日で、レセプションパーティーがある。

忙しい中、飛んで来てくれた彼に感謝している。そして今までよりもっと絆が深まり、愛にあふれている。

玲哉さんは私がよく知る道を走り、停車したのは昨日来た家があったところだ。

車を止めて外に出るように言われ、車から離れる。

目かくしパネルの中からスーツを着た男性が現れて玲哉さんは挨拶をし、私を紹介する。

「なぜここへ……？」

「中へ入ろう」

玲哉さんに促されてふたりだけで敷かれた鉄板の上を歩き、昨日見えた骨組みの建物まで来る。建物になる場所以外はすべて土で思ったより広大だ。

「ここは道の駅になると聞きました。もしかして神倉の？」

すると、彼は笑みを漏らす。

「いや、道の駅じゃない。ここにはコッツウォルズで見たような家をつくり、この広い土地はイングリッシュガーデンにする」

「え？」

頭が働かないまま、楽しそうな玲哉さんを見つめる。

「ここを買ったのは俺で、優羽が好きなように庭をつくり上げるんだ。俺は先日もらった絵がこの敷地にピッタリだと思う」

あぜんとなって玲哉さんから辺りへ視線を移す。

ここにイングリッシュガーデンを？　しかも私につくらせようとしてくれている。

「本当に？　なんて言っていいのか……」

玲哉さんは私が父や祖父母と過ごしたこの土地を手放さず、私の夢の手助けをしてくれようとしていたのだ。

「も……もう……また涙が……」

頭がなでられ、ハンカチで頬を拭かれる。

「ここで結婚パーティーを開きたい。だから半年でなんとかつくるんだ。バラが美しく咲く時季に披露宴をしよう」

本当に私がそんな大役担えるのだろうか。

「でも、私なんかが――」

「不安はあるだろう。大丈夫。神倉に専門のグループ会社がある。彼らが君の手助けをしてくれる。ガーデンデザイナーは君だよ」

その会社の代表が先ほど挨拶した人だと教えてくれる。

「こんなサプライズ……うれしい……最高です」

彼の気持ちに感動して、また涙腺が決壊する。

「玲哉さん……！」

彼に抱きつき、楽しそうに笑う彼に背伸びをして唇を重ねた。

エピローグ

半年後。

白い目かくしパネルがはずされたイングリッシュガーデンの鉄柵の門前に、玲哉さんと並んで立つ。

向こうに見える茶色の屋根や、辺りの緑や色とりどりの花々をこうしてあらためて見ると、感動が押し寄せてくる。

「優羽、ここから見ても美しい庭園だ」

今日初めて玲哉さんにここを見てもらえる。この時を夢見てうきうきしていた。彼は竣工するまで、我慢強く楽しみに待っていてくれたのだ。

「無事に竣工できたのは玲哉さんのおかげです。本当にありがとうございました」

自分の思うようにつくればいい、費用には糸目をつけないからと後押ししてくれた彼に感謝だ。

それでもなるべく費用削減に徹して、自らの手で植樹や植栽、剪定などもできる限りやった。

しかし広大な土地は私だけではどうにもならず、チームをつくり専門家たちの力もあって、明日の結婚パーティーにどうにか間に合った。

「玲哉さん、案内しますね」

門の鍵を開けて中へ入る。

ここから邸宅までは芝生や石畳に沿って咲く植物を配置し、自然を楽しめるようなデザインになっている。

花の種類も豊富に植え、色をまとめてあり、今はどこを見ても華やかだ。

もちろんバラ園もつくり、百種類の美しいバラが咲き誇っている。

庭を観賞したり、休めたりするように、ところどころに木と鉄枠製のベンチも置いてある。

「いいね。安らかな気分になる」

「春夏秋冬、いつでもお花が見られるように考えました」

「素晴らしい出来に、この半年間のひとりの生活が報われるよ」

玲哉さんは週末しか会えなかった半年を思い出したようで、美麗な顔に苦笑いを浮かべる。

私はほとんどここで生活し、玲哉さんが週末に志摩のリゾートに飛んできてくれていた。理解のある旦那様に感謝してもしきれない。

「こっちへ。案内します」

はちみつ色の壁に飴色の観音開きの扉。家は三十坪ほどで、扉を開けて玲哉さんを中へ促す。

ここは住むのを目的としておらず、アフタヌーンティーだけを提供する建物だ。イギリスの雑貨などを置く売店は一階にあり、二階にティールームをつくった。二階の大きな窓とテラスからは、お城の庭などで有名な平面幾何学《きかがく》式庭園を眺められる。

樹木の列植や花壇の美しくは青々として、迷路のように楽しむこともできる。アフタヌーンティーを楽しんだり、庭でくつろいだりしてもらうのを目的とした場所にしたかった。

明日志摩のリゾートにあるチャペルで結婚式を挙げた後、招待客とともにここに移動しての、私たちの結婚披露パーティーを計画している。

結婚式は都内のホテルや海外で挙げる案も出ていた。でも、私の記憶にはないが志摩のリゾートは私たちが初めて出会った場所で、そこで結婚式を挙げるのがふさわしいのではないかと、ふたりで決めた。

アフタヌーンティーのセイボリーやケーキは、パティシエールの紀伊とパティシエの紀伊の彼が作ってくれる。秋にふたりは結婚する予定だ。

玲哉さんがテラスに出て柵に腕をもたせかけ、庭園を眺める。その表情はうっすら口もとに笑みをたたえており、彼の期待に応えられたのだとわかった。

しかし、私には不安がある。

「優羽、素晴らしいイングリッシュガーデンだ。ガーデンデザイナー、神倉優羽の誕生だな」

憂慮する中にも褒められて、頬に熱が集まってくる。

「経営がうまくいくといいのですが……」

「ここが素晴らしいまま保てれば、おのずと経営はうまくいくさ。むしろ、集客にはこだわらなくていいんじゃないか？　こんな心安らぐ場所に、大勢の人々が連日こぞって来るところを想像してみて」

駐車場は二十台分用意している。しかし、それ以上来られたら路駐されてしまうかもしれないし、大勢で庭園を見学に来られたら風情も損なうだろう。

「それは嫌です。管理も行き届かないかもしれませんし……」

顔をしかめる私に玲哉さんもうなずいて同意する。

「ああ。むしろ俺たちだけで愛でる場所でもいいくらいだ。だがそうなると、俺の妻が丹精込めて手掛けた庭園を誰にも楽しんでもらえなくなる」

「ふふっ、愛でる場所……素敵ですね。あの、紀伊とも話したんですが、一日十組程度の限定にしたらどうでしょうか？」

「なるほど。いい考えだ。ここに来れば美しい庭園とおいしいアフタヌーンティーを楽しめる。きっと気に入ってもらえるだろう」

「はい。スタッフたちの負担も減ります。玲哉さん……本当に、私の故郷を残してくれてありがとうございました。美しく咲き誇るバラを父が喜んでくれていると感じるんです」

父を思い出すと、瞳が潤んでくる。

「そうだな。お父さんも優羽のがんばりを応援し、きっと喜んでくれている」

頬を伝わる涙を手の甲で拭く私の肩を玲哉さんの手が抱き寄せ、ポンポンと慰める。

「手の甲で拭うとは、四歳の子どもみたいだな」

彼はポケットからハンカチを取り出して、拭いてくれる。

「そういえば、言っていなかったが、一度、あのときに優羽のお父さんを見たんだ。大柄の優しそうな人だった」

「偶然、優羽とお父さんが手をつないで話をしながら帰るところだった」

「え？」

ふと、そのときの映像が頭の中に現れる。

『おとうさん、あのね。ここに、おりぼんがかわいい、きれいなおにいちゃんと、おはなしをしたの』

父は『そうか。今日はパーティーがあったようだからな。優羽もリボンが欲しいか？』と聞いた気がする。

私の答えは『みうはほしいとおもうけど、わたしはいらない』だったと思う。

「あ……玲哉さん。今、少し思い出しました」

今の映像を説明しながらも、ポロポロと涙が止まらない。

「俺たちをお父さんが引き合わせてくれたのかもしれないな。優羽をもっと幸せにするとお父さんに誓うよ」

「これからも、ずっと……見守ってくれているのかも……」

お父さん、玲哉さんに引き合わせてくれてありがとう。

スッキリとした五月《さつき》晴れに恵まれた。

鐘の美しい音色が鳴り響き、チャペルの扉が開かれ、玲哉さんの腕に手を置いている私はそっと彼を見上げる。

こちらを向く凛々しく完璧な玲哉さんが口もとを緩ませる。ブラックタキシードは私の希望で着てもらった。

私のウエディングドレスはリゾートの白と青に映える純白を選んだ。オフショルダーのマーメイドラインは絵本の中のプリンセスのようだと、義母が褒めてくれた。

パイプオルガンが荘厳な音色を奏で、玲哉さんのエスコートで祭壇までゆっくり歩を進める。

最初はドキドキと痛いくらい心臓が高鳴っていたが、しだいに落ち着いてきて周りを見られるようになった。

薄紫のドレスワンピースを着た紀伊が、グレーのスーツ姿の彼と並んで座っている。ふたりには今回のプロジェクトで多大な力をもらった。彼らはやる気に満ちていてこれからもがんばってくれるだろう。

ほかにも土地売買でお世話になった佳久さん夫婦や、父が亡くなってからもずっと親身になってくれていた柏原のおじさん夫婦が参列してくれている。

そして、美羽もロイヤルブルーのオーガンジーでやわらかさを出したパンツスーツを着て席に座っている。隣にはフランス人の恋人アランがいる。

あのとき帰国したのは些細なけんかだったらしく、その後ふたりは仲直りをして、美羽はパリに戻った。今回結婚式に参列するためにふたりで来てくれた。

もちろん北森氏と母もいて、玲哉さんの両親や主治医の新條さんなどの面々も。家政婦の松田さんにも来てもらっている。玲哉さんの親友の日下さんも出席してくれている。

すでに玲哉さんのご両親主催のパーティーなどで私のお披露目は済ませているので、今日は限られた人の出席にしたかった。

紀伊の横を通り過ぎるとき、口パクで「おめでとー」と祝福してくれたのがヴェール越しでも見えた。

すでに何カ月も玲哉さんの妻なのに、神父様の言葉に感動して、また泣きそうになった。

リゾートからの移動が最後になってしまい、ウエディングドレスに気をつけながら車から降りて、玲哉さんの腕を頼りに向かう。

ヒールがいつもよりあるので、足もとが少し心許《こころもと》ない。

少し歩いた途中で足が止まる。

「玲哉さん……」

「もう中に入っていると思っていたのにな」

石畳の両サイドに招待客の皆が立っていてびっくりする。

蝶ネクタイをしたロンもお座りしており、松田さんが隣にいる。

「優羽！　玲哉さん！　おめでとうございます！」

紀伊が持っていたカゴから花びらを上に放る。

まさかフラワーシャワーがあるとは思ってもみなかったので、玲哉さんと顔を見合わせた。

「ほら、早く来て」

高身長の恋人アランの隣で美羽が手招きする。

「もう……幸せすぎて……え？　きゃっ！」

玲哉さんが私の脚の裏に腕を差し入れてお姫様だっこをしたのだ。

「れ、玲哉さんっ、下ろして」

招待客が「早く、早く」とはやしたて、玲哉さんはゆっくり歩き始める。

バラなどの美しい花びらが頭から降りかかる。

皆の前を通り過ぎたところで、彼は招待客の方へ向きを変えるが私は下ろされない。

すると「キスを！」と紀伊や彼氏、美羽とアランが手を叩きながら勧める。

そんなこと言わないでいいのにと思っていると、玲哉さんが顔を近づけてきて鼓動がドクッと跳ねる。

いつでも彼は私の心臓を暴れさせる。

「まったく、言われなくても優羽にキスをせずにはいられないのに」

唇まであと五センチほどのところでそうつぶやいた玲哉さんは苦笑いをして、あっけに取られている私の唇を塞いだ。

END

あとがき

こんにちは。若菜モモです。このたびは『双子の姉の身代わりで嫁いだらクールな氷壁御曹司に激愛で迫られています』をお手に取ってくださりありがとうございます。

もう十二月。一年があっという間に過ぎていきます。

皆様のこの一年が実り多き年になっていたらいいのですが、私は振り返ってみると、さほど素敵な年ではなかったと思います。

今年一番の出来事は、五月に『解離性脳動脈瘤《かいりせいのうどうみゃくりゅう》』になり、そのときはものすごい頭痛に襲われました。折しもゴールデンウィーク中で病院へ行けず、救急車も躊躇《ちゅうちょ》して呼びませんでした。

ようやくゴールデンウィークが明けて脳神経外科を受診したときに、まさか自分の頭の中がそんなことになっていたとは思いもよらず、驚きました。

いつもとは違うひどい頭痛を感じたら、即、受診されることをお勧めします。

そんなこんなで最悪な状態にならずに、生きていられ、こうして皆様に物語を読んでいただけてよかったと痛感しています。

話を今作品に戻しますね。

今回の舞台は私には珍しく、伊勢志摩でした。ヒロインが双子なのも、ベリーズさんでは初めてになります。

双子の名前をつけるとき、一文字同じものにするか、はたまた似通った、例えば花の名前にするかなど悩みましたが、一文字の共通にしました。

ヒーローはヘリコプターで地方移動するセレブリティで、渋滞もなく軽井沢行きたいな～なんて思いながら執筆していました。

名前のことに戻りますが、一番のお気に入りは優羽の幼なじみの紀伊です。きいちゃん、響きがかわいいです。女優さんにもいますね。

今回のカバーイラストを手掛けてくださったのは、私が書籍を出す前から素敵だなと憧れていた氷堂れん先生です。

素敵なふたりを描いてくださりありがとうございました。

この本に携わってくださいましたすべての皆様にお礼申し上げます。

二〇二四年十二月吉日

若菜《わかな》モモ

若菜モモ先生への
ファンレターのあて先

〒104-0031
東京都中央区京橋1-3-1
八重洲口大栄ビル7F
スターツ出版株式会社　書籍編集部　気付

若菜モモ先生

本書へのご意見をお聞かせください

お買い上げいただき、ありがとうございます。
今後の編集の参考にさせていただきますので、
アンケートにお答えいただければ幸いです。

下記URLまたは二次元コードから
アンケートページへお入りください。
https://www.ozmall.co.jp/enquete/IndexTalkappi.aspx?id=2301

双子の姉の身代わりで嫁いだら
クールな氷壁御曹司に激愛で迫られています

2024年12月10日　初版第1刷発行

著　者　若菜モモ

発行人　菊地修一
デザイン　hive & co.,ltd.
校　正　株式会社鷗来堂
発行所　スターツ出版株式会社
〒104-0031
東京都中央区京橋1-3-1　八重洲口大栄ビル7F
TEL　03-6202-0386（出版マーケティンググループ）
TEL　050-5538-5679（書店様向けご注文専用ダイヤル）
URL　https://starts-pub.jp/
印刷所　大日本印刷株式会社

Printed in Japan

ISBN 978-4-8137-1670-9　C0193

ベリーズ文庫 2024年12月発売

『覇王な辣腕CEOは取り戻した妻に熱烈愛を貫く【大富豪シリーズ】』紅《くれない》カオル・著

香奈は高校生の頃とあるパーティーで大学生の海里と出会う。以来、優秀で男らしい彼に惹かれてゆくが、ある一件により、海里は自分に好意がないと知る。そのまま彼は急遽渡米することとなり——。9年後、偶然再会するとなんと海里からお見合いの申し入れが!?　彼の一途な熱情愛は高まるばかりで…！

ISBN 978-4-8137-1669-3／定価781円（本体710円＋税10%）

『双子の姉の身代わりで嫁いだらクールな氷壁御曹司に激愛で迫られています』若菜《わかな》モモ・著

父亡きあと、ひとりで家業を切り盛りしていた優羽。ある日、生き別れた母から姉の代わりに大企業の御曹司・玲哉とのお見合いを相談される。ダメもとで向かうと予想外に即結婚が決定して!?　クールで近寄りがたい玲哉。愛のない結婚生活になるかと思いきや、痺れるほど甘い溺愛を刻まれて…！

ISBN 978-4-8137-1670-9／定価781円（本体710円＋税10%）

『孤高なパイロットはウブな偽り妻を溺愛攻略中〜ニセ婚夫婦!?〜』未華空央《みはなそらお》・著

空港で働く真白はパイロット・遥がCAに絡まれているところを目撃。静かに立ち去ろうとした時、彼に捕まり「彼女と結婚する」と言われて!?　そのまま半ば強引に妻のフリをすることになるが、クールな遥の甘やかな独占欲が徐々に昂って…。「俺のものにしたい」ありったけの溺愛を刻み込まれ…！

ISBN 978-4-8137-1671-6／定価770円（本体700円＋税10%）

『俺の妻に手を出すな〜離婚前提なのに、御曹司の独占愛が爆発して〜』惣領莉沙《そうりょうりさ》・著

亡き父の遺した食堂で働く里穂。ある日常連客で妹の上司でもある御曹司・蒼真から突然求婚される！　執拗な見合い話から逃れたい彼は1年限定の結婚を持ち掛けた。妹にこれ以上心配をかけたくないと契約妻になった里穂だったが——「誰にも見せずに独り占めしたい」蒼真の容赦ない溺愛が溢れ出して…!?

ISBN 978-4-8137-1672-3／定価792円（本体720円＋税10%）

『策士なエリート御曹司は最愛妻を溢れる執愛で囲う』きたみ まゆ・著

日本料理店を営む穂香は、あるきっかけで御曹司の悠希と同居を始める。悠希に惹かれていく穂香だが、ある日父親から「穂香との結婚を条件に知り合いが店の融資をしてくれる」との連絡が。父のためにとお見合いに向かうと、そこに悠希が現れて!?　しかも彼の溺愛猛攻は止まらず、甘さを増すばかりで…！

ISBN 978-4-8137-1673-0／定価770円（本体700円＋税10%）

ベリーズ文庫 2024年12月発売

『別れた警視正パパに見つかって情熱愛に捕まりました』森野《もりの》りも・著

花屋で働く佳純。密かに思いを寄せていた常連客のクールな警視正・瞬と交際が始まり幸せな日々を送っていた。そんなある日、とある女性に彼と別れるよう脅される。同じ頃に妊娠が発覚するも、やむをえず彼との別れを決意。数年後、一人で子育てに奮闘していると瞬が現れる！　熱い溺愛にベビーごと包まれて…！

ISBN 978-4-8137-1674-7／定価781円（本体710円＋税10%）

『天才脳外科医はママになった政略妻に2度目の愛を誓う』白亜凛《はくありん》・著

総合病院の娘である莉子は、外科医の啓介と政略結婚をし、順調な日々を送っていた。しかしある日、莉子の前に啓介の本命と名乗る女性が現れる。啓介との離婚を決めた莉子は彼との子を極秘出産し、「別の人との子を産んだ」と嘘の理由で別れを告げるが、啓介の独占欲に火をつけてしまい――!?

ISBN 978-4-8137-1675-4／定価781円（本体710円＋税10%）

『塩対応な魔法騎士のお世話係はじめました。ただの出稼ぎ令嬢なのに、重めの愛を注がれてます!?』瑞希《みずき》ちこ・著

出稼ぎ令嬢のフィリスは世話焼きな性格を買われ、超優秀だが性格にやや難ありの魔法騎士・リベルトの専属侍女として働くことに！　冷たい態度だった彼とも徐々に打ち解けてひと安心…と思ったら「一生俺のそばにいてくれ」――いつの間にか彼の重めな独占欲に火をつけてしまい、溺愛猛攻が始まって!?

ISBN 978-4-8137-1676-1／定価781円（本体710円＋税10%）

ベリーズ文庫 2025年1月発売予定

Now Printing

『溺愛致死量』 佐倉伊織《さくらいおり》・著

製薬会社で働く香乃子には秘密がある。それは、同じ課の後輩・御堂と極秘結婚していること！　彼は会社では従順な後輩を装っているけれど、家ではドSな旦那様。実は御曹司でもある彼はいつも余裕たっぷりに香乃子を翻弄し激愛を注いでくる。一見幸せな毎日だけど、この結婚にはある契約が絡んでいて…!?

ISBN 978-4-8137-1684-6／予価770円（本体700円＋税10%）

Now Printing

『タイトル未定（海上自衛官）【自衛官シリーズ】』 皐月《さつき》なおみ・著

横須賀の小さなレストランで働き始めた芽衣。そこで海上自衛官・晃輝と出会う。無口だけれどなぜか居心地のいい彼に惹かれるが、芽衣はあるトラウマから彼と距離を置くことを決意。しかし彼の深く限りない愛が溢れ出し…「俺のこの気持ちは一生変わらない」――運命の歯車が回り出す純愛ラブストーリー！

ISBN 978-4-8137-1685-3／予価770円（本体700円＋税10%）

Now Printing

『御曹司様、あなたの子ではありません！～双子ベビーがパパそっくりで隠し子になりませんでした～』 伊月《いづき》ジュイ・著

双子のシングルマザーである楓は育児と仕事に一生懸命。子どもたちと海に出かけたある日、かつての恋人で許嫁だった皇樹と再会。彼の将来を思って内緒で産み育てていたのに――「相当あきらめが悪いけど、言わせてくれ。今も昔も愛しているのは君だけだ」と皇樹の一途な溺愛は加速するばかりで…!?

ISBN 978-4-8137-1686-0／予価770円（本体700円＋税10%）

Now Printing

『本日で人妻を終了させていただきます！～冷徹御曹司は政略結婚の妻を溺愛したい』 華藤《かとう》りえ・著

名家ながら没落の一途をたどる沙織の実家。ある日、ビジネスのため歴史ある家名が欲しいという大企業の社長・瑛士に一億円で「買われる」ことに。愛なき結婚が始まるも、お飾り妻としての生活にふと疑問を抱く。自立して一億円も返済しようとついに沙織は離婚を宣言！　するとなぜか彼の溺愛猛攻が始まって!?

ISBN978-4-8137-1687-7／予価770円（本体700円＋税10%）

Now Printing

『この恋は演技』 冬野《とうの》まゆ・著

地味で真面目な会社員の紗奈。ある日、親友に頼まれ彼女に扮してお見合いに行くと相手の男に襲われそうに。助けてくれたのは、勤め先の御曹司・悠吾だった！紗奈の演技力を買った彼に、望まない縁談を避けるためにと契約妻を依頼され!?見返りありの愛なき結婚が始まるも、次第に悠吾の熱情が露わになって…。

ISBN 978-4-8137-1688-4／予価770円（本体700円＋税10%）

タイトル、価格等は変更になることがございますのでご了承ください。

ベリーズ文庫 2025年1月発売予定

Now Printing

『私、今度こそあなたに食べられません！～戻ってきた俺様幼馴染ドクターと危ない同棲生活～』泉野《いずみの》あおい・著

大学で働く来実はある日、ボストンから帰国した幼なじみで外科医の修と再会する。過去の恋愛での苦い思い出がある来実は、元カレでもある修を避け続けるけれど、修は諦めないどころか、結婚宣言までしてきて…!?　彼の溺愛猛攻は止まらず、来実は再び修にとろとろに溶かされていき…！

ISBN 978-4-8137-1689-1／予価770円（本体700円＋税10%）

Now Printing

『クールなエリート外交官の独占欲に火がついて～交際0日な私たちの幸せ演技婚～』朝永《ともなが》ゆうり・著

駅員として働く映茉はある日、仕事でトラブルに見舞われる。焦る映茉を助けてくれたのは、同じ高校に通っていて、今は外交官の祐駕だった。映茉が「お礼になんでもする」と伝えると、彼は縁談を断るための偽装結婚を提案してきて!?　夫婦のフリをしているはずが、祐駕の視線は徐々に熱を孕んでいき…!?

ISBN 978-4-8137-1690-7／予価770円（本体700円＋税10%）

Now Printing

『ベリーズ文庫溺愛アンソロジー』

人気作家がお届けする〈極甘な結婚〉をテーマにした溺愛アンソロジー！　第1弾は「葉月りゅう×年下御曹司とのシークレットベビー」、「宝月なごみ×極上ドクターとの再会愛」、「櫻御ゆあ×冷徹御曹司の独占欲で囲われる契約結婚」の3作を収録。スパダリの甘やかな独占欲に満たされる、極上ラブストーリー！

ISBN 978-4-8137-1691-4／予価770円（本体700円＋税10%）

タイトル、価格等は変更になることがございますのでご了承ください。